큰 글
한국문학선집

이상화 시선집

# 빼앗긴 들에도 봄은 오는가

## 일러두기

1. 이 시집은 『상화(尙火)와 고월(古月)』(1951, 청구출판사), 『이 상화 전집』(문장사, 1982), 『이상화 시 전집』(정림사, 2001) 을 참조하였다.

2. 표기 및 띄어쓰기는 원칙적으로 현행 맞춤법에 따랐다. 그러 나 시적 효과 및 음수율과 관련된 경우는 원문의 표기와 띄어 쓰기를 그대로 따랐다.

3. 원문에 " " 및 ' ' 표기는 〈 〉로 고쳤다. 그러나 원문에서 [ ]를 사용한 경우는 원문 표기를 따랐다.

4. 원문에서 표기한 한자의 경우는 필요시 그대로 두었다.

5. 목차는 발표 미상의 작품을 포함하여 원고에 밝혀진 작품의 완성시기를 따랐다.

6. 텍스트의 이해를 돕기 위하여 편자 주를 달았는데, 이는 국립 국어원의 뜻을 참조하였다.

# 목차

# 말세의 희탄(欷嘆)

저녁의 피 묻은 동굴 속으로
아, 밑 없는 그 동굴 속으로
끝도 모르고
끝도 모르고
나는 거꾸러지련다,
나는 파묻히련다.

가을의 병든 미풍의 품에다
아— 꿈꾸는 미풍의 품에다
낮도 모르고
밤도 모르고
나는 술 취한 집을 세우련다
나는 속 아픈 웃음을 빚으련다.

# 단조(單調)

비 오는 밤
가라앉은 하늘이
꿈꾸듯 어두워라.

나뭇잎마다에서
젖은 속살거림이
끊이지 않을 때일러라.

마음의 막다른
낡은 띠집에선
넌지 모르나 까닭도 없어라.

눈물 흘리는 적(笛) 소리만
가없는 마음으로
고요히 밤을 지우다.

저편에 늘어 서 있는
백양나무 숲의 살찐 그림자는
잊어버린 기억이 떠돎과 같이
침울—몽롱한
캔버스 위에서 흐느끼다.

아, 야릇도 하여라
야밤의 고요함은
내 가슴에도 깃들이다.

병아리 입술로
떠도는 침묵은
추억의 녹 낀 창을
죽일 숨 쉬며 엿보아라.

아, 자취도 없이
나를 껴안은
이 밤의 홑짐이 서러워라.

비 오는 밤
가라앉은 영혼이
죽은 듯 고요도 하여라.

내 생각의
거미줄 끝마다에서
젖은 속살거림은
줄곧 쉬지 않아라.

# 가을의 풍경

맥 풀린 햇살에 번쩍이는 나무는 선명하기 동양화
일러라.
흙은 아낙네를 감은 천아융(天鵝絨) 허리띠같이
따스워라.

무거워 가는 나비 나래는 드물고도 쇠하여라.
아, 멀리서 부는 피리 소린가? 하늘 바다에서 헤
엄질하다.

병들어 힘없이도 섰는 잔디풀−나뭇가지로
미풍의 한숨은 가는[細] 목을 매고 껄떡이어라.

참새 소리는 제 소리의 몸짓과 함께 가볍게 놀고
온실 같은 마루 끝에 누운 검은 괴의 등은 부드럽

기도 기름져라.

　청춘을 잃어버린 낙엽은 미친 듯 나부끼어라.
　서럽고도 즐겁게 졸음 오는 적막이 더부렁거리다.

　사람은 부질없이 가슴에다 까닭도 모르는 그리움
을 안고
　마음과 눈으로 지나간 푸름의 인상을 허공에다 그
리어라.

# To─

─S. W. Lee.─

What use is poem, what use is it to say,
only, when I would embrace thee again, never more?
without affection, lonesomely─dangerously, spending this day.

Thou went too early in the cosmosic circulation.
Thy bequest, that thou planted in my heart deep,
Unavailingly yet croons chasing the days of glorification.

O Honey! why my rosy face paled like the moon─

and my thoughtful soul whenever look for thee?

But' twas in vain, thy country was too dark and ruin.

only night, I build thy heavenly figure adumbral;
upon my vision's sighful canvas,
and then, my eyes was a stormed channel.

O void forgetfulness! May I rest in thy pond deep,
and I would no more want, except one thing—
Let me sleep—without wake—let me sleep……

—From the 〈Bereft Soul〉

# 나의 침실로

## —가장 아름답고 오랜 것은 오직 꿈속에만 있어라

〈마돈나〉 지금은 밤도 모든 목거지[1]에 다니노라. 피곤하여 돌아가련도다.

아, 너도 먼동이 트기 전으로 수밀도[2]의 네 가슴에 이슬이 맺도록 달려오너라.

〈마돈나〉 오려무나, 네 집에서 눈으로 유전(遺傳)하던 진주는 다 두고 몸만 오너라.

빨리 가자, 우리는 밝음이 오면 어딘지 모르게 숨는 두 별이어라.

〈마돈나〉 구석지고도 어둔 마음의 거리에서 나는

---

1) '모꼬지'의 방언. '모꼬지'는 놀이나 잔치 또는 그 밖의 일로 여러 사람이 모이는 일.
2) 껍질이 얇고 살과 물이 많으며 맛이 단 복숭아.

두려워 떨며 기다리노라.
　아, 어느덧 첫닭이 울고ㅡ뭇 개가 짖도다. 나의 아씨여, 너도 듣느냐.


　〈마돈나〉 지난밤이 새도록 내 손수 닦아 둔 침실로 가자, 침실로ㅡ
　낡은 달은 빠지려는데, 내 귀가 듣는 발자국ㅡ오, 너의 것이냐?


　〈마돈나〉 짧은 심지를 더우잡고 눈물도 없이 하소연하는 내 맘의 촉(燭)불을 봐라.
　양털 같은 바람결에도 질식이 되어 얄푸른 연기로 꺼지려는도다.

〈마돈나〉 오너라, 가자, 앞산 그리메[3]가 도깨비
처럼 발도 없이 이곳 가까이 오도다.
　아, 행여나 누가 볼는지―가슴이 뛰누나, 나의 아
씨여, 너를 부른다.

　〈마돈나〉 날이 새련다, 빨리 오려무나, 사원의 쇠
북이 우리를 비웃기 전에.
　네 손이 내 목을 안아라. 우리도 이 밤과 함께 오
랜 나라로 가고 말자.

　〈마돈나〉 뉘우침과 두려움의 외나무다리 건너 있
는 내 침실 열 이도 없으니.

---

3) '그림자'의 옛말.

아, 바람이 불도다. 그와 같이 가볍게 오려무나. 나의 아씨여, 네가 오느냐?

〈마돈나〉 가엾어라, 나는 미치고 말았는가. 없는 소리를 내 귀가 들음은一,
내 몸에 파란 피一가슴의 샘이 말라 버린 듯 마음과 목이 타려는도다.

〈마돈나〉 언젠들 안 갈 수 있으랴. 갈 테면 우리가 가자, 끌려가지 말고!
너는 내 말을 믿는 〈마리아〉一내 침실이 부활의 동굴임을 네야 알련만……

〈마돈나〉 밤이 주는 꿈, 우리가 엮는 꿈, 사람이

안고 뒹구는 목숨의 꿈이 다르지 않으니.

아, 어린애 가슴처럼 세월 모르는 나의 침실로 가
자, 아름답고 오랜 거기로.


〈마돈나〉 별들의 웃음도 흐려지려 하고 어둔 밤
물결도 잦아지려는도다.

아, 안개가 사라지기 전으로 네가 와야지. 나의 아
씨여, 너를 부른다.

# 이중의 사망

―가서 못 오는 박태원의 애틋한 영혼에게 바침

죽음일다!
성낸 해가 이빨을 갈고
입술은 붉으락푸르락 소리 없이 훌쩍이며
유린당한 계집같이 검은 무릎에 곤두치고 죽음일다.

만종의 소리에 마구를 그리워하는 소―
피난민의 마음으로 보금자리를 찾는 새―
다아 검은 농무 속으로 매장이 되고
천지는 침묵한 뭉텅이 구름과 같이 되다!

〈아, 길 잃은 어린 양아, 어디로 가려느냐.
아, 어미 잃은 새 새끼야, 어디로 가려느냐.〉
비극의 서곡을 리프레인4)하듯
허공을 지나는 숨결이 말하더라.

아, 도적놈의 죽일 숨 쉬듯한 미풍에 부딪혀도
설움의 실패꾸리5)를 풀기 쉬운 나의 마음은
하늘 끝과 지평선이 어둔 비밀실에서 입 맞추다
죽은 듯한 그 벌판을 지나려 할 때 누가 알랴.
어여쁜 계집의 씹는 말과 같이
제 혼자 지즐대며 어둠에 끓는 여울은 다시 고요히
농무에 휩싸여 맥 풀린 내 눈에서 껄떡이다.

바람결을 안으려 나부끼는 거미줄같이
헛웃음 웃는 미친 계집의 머리털로 묶은−
아, 이 내 신령의 낡은 거문고 줄은

---

4) refrain. 후렴(後斂).
5) '얼레'의 방언.

청철(靑鐵)6)의 옛 성문으로 닫힌 듯한 얼빠진 내 귀를 뚫고
　울어들다 울어들다 울다는 다시 웃다—
　악마가 야호(野虎)같이 춤추는 깊은 밤에
　물방앗간의 풍차가 미친 듯 돌며
　곰팡 슬은 성대로 목메인 노래를 하듯……!

　저녁 바다의 끝도 없이 몽롱한 먼 길을
　운명의 악지바른 손에 끄을려 나는 방황해 가는도다,
　남풍(嵐風)에 돛대 꺾인 목선과 같이 나는 방황하는도다.

---

6) 구리를 주성분으로 해서 만든 합금(合金)의 하나. 품질이 좀 떨어져 주로 땜질을 하는 데 쓰인다.

아, 인생의 쓴 향연에 불림 받은 나는 젊은 환몽
속에서
청상의 마음 위와 같이 적막한 빛의 음지에서
추거를 따르며 장식(葬式)의 애곡을 듣는 호상객
처럼—
털 빠지고 힘없는 개의 목을 나도 드리고
나는 넘어지다—나는 꺼꾸러지다!

죽음일다!
부드럽게 뛰노는 나의 가슴이
주린 빈랑(牝狼)[7]의 미친 발톱에 찢어지고
아우성치는 거친 어금니에 깨물려 죽음일다!

---

7) 승냥이의 암컷.

# 마음의 꽃

### ─청춘에 상뇌(傷惱)되신 동무를 위하여

오늘을 넘어선 가리지 말라!
슬픔이든, 기쁨이든, 무엇이든,
오는 때를 보려는 미리의 근심도─.


아, 침묵을 품은 사람아, 목을 열어라,
우리는 아무래도 가고는 말 나그넬러라,
젊음의 어둔 온천에 입을 적셔라.


춤추어라, 오늘만의 젖가슴에서,
사람아, 앞뒤로 헤매지 말고
짓태워8) 버려라!
끄슬려 버려라!

---

8) (기)짓태우다. 마구 태우다.

오늘의 생명은 오늘의 끝까지만—


아, 밤이 어두워 오도다,
사람은 헛것일러라,
때는 지나가다,
울음의 먼 길 가는 모르는 사이로—


우리는 가슴 복판에 숨어 사는
옅푸른 마음의 꽃아 피워 버리라,
우리는 오늘을 지리며 먼 길 가는 나그넬러라.

# 독백

나는 살련다 나는 살련다

바른 맘으로 살지 못하면 미쳐서도 살고 말련다

남의 입에서 세상의 입에서

사람 영혼의 목숨까지 끊으려는

비웃음의 쌀이

내 송장의 불쌍스런 그 꼴 위로

소낙비같이 내려 쏟을지라도—

짓퍼부울지라도

나는 살련다 내 뜻대로 살련다

그래도 살 수 없다면—

나는 제 목숨이 아까운 줄 모르는

벙어리의 붉은 울음 속에서라도

살고는 말련다

원한이란 이름도 얼굴도 모르는

장마 진 냇물의 여울 속에 빠져서 나는 살련다
게서 팔과 다리를 허둥거리고
부끄럼 없이 몸살을 쳐보다
죽으면－죽으면－죽어서라도 살고는 말련다

# 허무교도의 찬송가

오를지어다, 있다는 너희들의 천국으로—
내려보내라, 있다는 너희들의 지옥으로—
나는 하나님과 운명에게 사로잡힌 세상을 떠난,
너희들의 보지 못할 먼 길 가는 나그네일다!

죽음을 가진 뭇 떼여! 나를 따르라!
너희들의 청춘도 새 송장의 눈알처럼 쉬 꺼지리라,
아! 모든 신명이여, 사기사(詐欺師)9)들이여, 자취를 감
추라,
허무를 깨달은 그때의 칼날이 네게로 가리라.

나는 만상을 가린 가부(假符) 너머를 보았다,

---

9) 사기꾼.

다시 나는, 이 세상의 비부(祕符)를 혼자 보았다,
그는 이 땅을 만들고 인생을 처음으로 만든 미지
의 요정이 저에게 반역할까 하는 어리석은 뜻으로
〈모든 것이 헛것이다〉 적어둔 그 비부를,

아! 세상에 있는 무리여! 나를 믿어라,
나를 따르지 않거든, 속 썩은 너희들의 사랑을 가져가
거라,
나는 이 세상에서 빌어 입은 〈숨기는 옷〉을 벗고
내 집 가는 어렴풋한 직선의 위를 이제야 가려 함
이다.

사람아! 목숨과 행복이 모르는 새 나라에만 있도다.
세상은 죄악을 뉘우치는 마당이니

게서 얻은 모-든 것은 목숨과 함께 던져 버리라.
그때야, 우리를 기다리던 우리 목숨이 참으로 오리라.

# 방문 거절

아 내 맘의 잠근 문을 두드리는 이여, 네가 누구?
이 어둔 밤에
〈영예!〉
방두깨 살자는 영예여! 너거든 오지 말아라
나는 네게서 오직 가엾은 선웃음을 볼 뿐이로다.

아 벙어리 입으로 문만 두드리는 이여, 너는 누
구? 이 어둔 밤에
〈생명!〉
도깨비 노래하자는 목숨아, 너는 돌아가거라,
네가 주는 것 다만 내 가슴을 썩인 곰팡이뿐일러라.

아 아직도 문을 두드리는 이여―이 어둔 밤에
〈애련!〉

불놀이하자는 사랑아, 너거든 와서 낚아 가거라
내겐 너 줄, 오직 네 병든 몸속에 누울 넋뿐이로다.

# 지반(池畔)[10] 정경

## ─파계사(把溪寺)[11] 용소(龍沼)[12]에서

능수버들의 거듭 포개인 잎 사이에서
해는 주등색(朱橙色)의 따사로운 웃음을 던지고
깜푸르게 몸꼴 꾸민, 저편에선
남모르게 하는 바람의 군소리─가만히 오다.


나는 아무 빛갈래도 없는 욕망과 기원으로
어디인지도 모르는 생각의 바다 속에다
원무 추는 영혼을 뜻대로 보내며
여름 우수에 잠긴 풀 사잇길을 방만스럽게 밟고
간다.

---

10) 연못의 변두리.
11) 대구광역시 동구 중대동에 있는 절. 동화사의 말사(末寺)로 신라 애장왕 5년
(804)에 심지 왕사(心地王師)가 창건하였다.
12) 폭포수가 떨어지는 바로 밑에 있는 깊은 웅덩이.

우거진 나무 밑에 넋 빠진 네 몸은
속마음 깊게—고요롭게—미끄러우며
생각에 겨운 눈물과 같이
이름도 얼굴도 모르는 빈 꿈을 얽매더라.

물 위로 죽은 듯 엎디어 있는
끝도 없이 옅푸른 하늘의 영원성 품은 빛이
그리는 애인을 뜻밖에 만난 미친 마음으로
내 가슴에 나도 몰래 숨었던 나라와 어우러지다.

나의 넋은 바람결의 구름보다도 연약하여라
잠자리와 제비 뒤를 따라, 가볍게 돌며
별나라로 오르라—갑자기 흙 속으로 기어들고
다시는, 해묵은 낙엽과 고목의 거미줄과도 헤매이

노라.


　저문 저녁에, 쫓겨난 쇠북 소리 하늘 너머로 사라
지고
　이날의 마지막 놀이로 어린 고기들 물놀이칠 때
　내 머리 속에서 단잠 깬 기억은 새로이, 이곳 온
까닭을 생각하노라.
　이 못이 세상 같고, 내 한 몸이 모든 사람 같기도
하다!
　아 너그럽게도 숨막히는 그윽일러라, 고요로운 설
움일러라.

# 비음(緋音)

## ―비음의 서사

이 세기를 몰고 넣는, 어둔 밤에서
다시 어둠을 꿈꾸노라 조는 조선의 밤―
망각 뭉텅이 같은, 이 밤 속으론
햇살이 비추어 오지도 못하고
하나님의 말씀이, 배부른 군소리로 들리노라.

낮에도 밤―밤에도 밤―
그 밤의 어둠에서 스며난, 뒤지기 같은 신령은
광명의 목거지란 이름도 모르고
술 취한 장님이 먼 길을 가듯
비틀거리는 자국엔, 핏물이 흐른다!

# 가장 비통한 기욕(祈慾)

## ―간도 이민을 보고

아, 가도다, 가도다, 쫓겨가도다
잊음 속에 있는 간도와 요동벌로
주린 목숨 움켜쥐고 쫓아가도다
자갈을 밥으로 해채[13]를 마셔도
마구나 가졌으면 단잠을 얽을 것을―
인간을 만든 검아 하루 일찍
차라리 주린 목숨을 빼어가거라!

아, 사노라, 사노라, 취해 사노라,
자포 속에 있는 서울과 시골로
멍든 목숨 행여 갈까, 취해 사노라
어둔 밤 말 없는 돌을 안고서

---

13) '수채'의 방언으로 추정.

피울음 울어도 설움은 풀릴 것을-
인간을 만든 검아, 하루 일찍
차라리 취한 목숨, 죽여 버려라!

# 빈촌의 밤

봉창 구멍으로
나른하여 조으노라
깜작이는 호롱불
햇빛을 꺼리는 늙은 눈알처럼
세상 밖에서 앓는다, 앓는다.

아, 나의 마음은,
사람이란 이렇게도
광명을 그리는가-
담조차 못 가진 거적문 앞에를,
이르러 들으니, 울음이 돌더라.

# 조소

두터운 이불을,
포개 덮어도,
아직 추운,
이 겨울밤에,
언 길을 밟고 가는
장돌림, 봇짐장수,
재 너머 마을,
저자 보러,
중얼거리며,
헐떡이는 숨결이,
아―
나를 보고, 나를
비웃으며 지난다.

# 어머니의 웃음

날이 맛도록
온 데로 헤매노라—
나른한 몸으로도
시들픈14) 맘으로도
어둔 부엌에,
밥 짓는 어머니의
나보고 웃는 빙그레 웃음!
내 어려 젖 먹을 때
무릎 위에다,
나를 고이 안고서
늙음조차 모르던
그 웃음을 아직도

---

14) (기)시들프다. 마음에 마뜩찮고 시들하다.

보는가 하니
외로움의 조금이
사라지고, 거기서
가는 기쁨이 비로소 온다.

# 이별을 하느니……

어쩌면 너와 나 떠나야겠으며 아무래도 우리는 나뉘야겠느냐?

남몰래 사랑하는 우리 사이에 우리 몰래 이별이 올 줄은 몰랐어라.

꼭두15)머리로 오르는 정열에 가슴과 입술이 떨어 말보다 숨결조차 못 쉬노라.

오늘 밤 우리 둘의 목숨이 꿈결같이 보일 애타는 네 맘속을 내 어이 모르랴.

애인아 하늘을 보아라 하늘이 까라졌고 땅을 보아라 땅이 꺼졌도다.

---

15) 1. 정수리나 꼭대기. 2. 물체의 제일 윗부분.

애인아 내 몸이 어제같이 보이고 네 몸도 아직 살아서 내 곁에 앉았느냐?

어쩌면 너와 나 떠나야겠으며 아무래도 우리는 나눠야겠느냐?

우리 둘이 나뉘어 생각하며 사느니 차라리 바라보며 우는 별이나 되자!

사랑은 흘러가는 마음 위에서 웃고 있는 가비어운 갈대꽃인가.

때가 오면 꽃송이는 곯아지며 때가 가면 떨어졌다 썩고 마는가.

님의 기림에서만 믿음을 얻고 님의 미움에서만 외

롬만 받을 너이었더냐.

　행복을 찾아선 비웃음도 모르는 인간이면서 이 고
행을 싫어할 나이었더냐.


　애인아 물에다 물 탄 듯 서로의 사이에 경계가 없
던 우리 마음 위로
　애인아 검은 그림자가 오르락내리락 소리도 없이
어른거리도다.


　남몰래 사랑하는 우리 사이에 우리 몰래 이별이
올 줄은 몰랐어라.
　우리 둘이 나뉘어 사람이 되느니 차라리 피울음
우는 두견이나 되자!

오려무나, 더 가까이 내 가슴을 안아라 두 마음 한
가락으로 엮어 보고 싶다.

자그마한 부끄럼과 서로 아는 미쁨16) 사이로 눈
감고 오는 방임을 맞이하자.

아 주름 잡힌 네 얼굴ー이별이 주는 애통이냐 이
별은 쫓고 내게로 오너라.

상아의 십자가 같은 네 허리만 더우잡는 내 팔 안
으로 달려오너라.

애인아 손을 다고 어둠 속에도 보이는 납색의 손
을 내 손에 쥐어 다고.

---

16) 믿음직하게 여기는 마음.

애인아 말해 다고 벙어리 입이 말하는 침묵의 말을 내 눈에 일러 다고.

어쩌면 너와 나 떠나야겠으며 아무래도 우리는 나눠야겠느냐?
우리 둘이 나뉘어 미치고 마느니 차라리 바다에 빠져 두 마리 인어로나 되어서 살자!

# 폭풍우를 기다리는 마음

오랜 오랜 옛적부터
아, 몇 백 년 몇 천 년 옛적부터
호미와 가래에게 등심살 벗기우고
감자와 기장에게 속기름을 빼앗기인
산촌의 뼈만 남은 땅바닥 위에서
아직도 사람은 수확을 바라고 있다.

게으름을 빚어내는 이 늦은 봄날
〈나는 이렇게도 시달렸노라······〉
돌멩이를 내보이는 논과 밭-
거기서 조는 듯 호미질하는
농사짓는 사람의 목숨을 나는 본다.

마음도 입도 없는 흙인 줄 알면서

얼마라도 더 달라고 정성껏 뒤지는
그들의 가슴엔 저주를 받을
숙명이 주는 자족이 아직도 있다
자족이 시킨 굴종이 아직도 있다.

하늘에도 게으른 흰구름이 돌고
땅에서도 고달픈 침묵이 깔려진
오―이런 날 이런 때에는
이 땅과 내 마음의 우울을 부술
동해에서 폭풍우나 쏟아져라―빈다.

# 바다의 노래

―나의 넋, 물결과 어우러져 동해의 마음을 가져온 노래

내게로 오너라 사람아 내게로 오너라

병든 어린애의 헛소리와 같은

묵은 철리(哲理)17)와 낡은 성교(聖敎)18)는 다 잊어버리고

애통을 안은 채 내게로만 오너라.


하나님을 비웃을 자유가 여기 있고

늙어지지 않는 청춘도 여기 있다

눈물 젖은 세상을 버리고 웃는 내게로 와서

아 생명이 변동에만 있음을 깨쳐 보아라.

---

17) 아주 깊고 오묘한 이치.
18) 성인(聖人)의 가르침.

# 극단

펄떡이는 내 신령이 몸부림치며
어제 오늘 몇 번이나 발버둥질하다
쉬지 않는 타임은 내 울음 뒤로
흐르도다 흐르도다 날 죽이려 흐르도다.

별빛이 달음질하는 그 사이로
나뭇가지 끝을 바람이 무찌를 때
귀뚜라미 왜 우는가 말없는 하늘을 보고?
이렇게도 세상은 야밤에 있어라.

지난해 지난날은 그 꿈속에서
나도 몰래 그렇게 지나 왔도다
땅은 내가 디딘 땅은 몇 번 궁굴려
아 이런 눈물 골짝에 날 던졌도다.

나는 몰랐노라 안일한 세상이 자족에 있음을
나는 몰랐노라 행복된 목숨이 굴종에 있음을
그러나 새 길을 찾고 그 길을 가다가
거리에서도 죽으려는 내 신령은 너무도 외로워라.

자족 굴종에서 내 길을 찾기보담
남의 목숨에서 내 사리를 얽매기보담
오 차라리 죽음—죽음이 내 길이노라
다른 나라 새 사리로 들어갈 그 죽음이!

그러나 이 길을 밟기까지는
아 그날 그때가 가장 괴롭도다
아직도 남은 애달픔이 있으려니

그를 생각는 그때가 쓰리고 아프다.

가서는 오지 못할 이 목숨으로
언제든지 헛웃음 속에만 살려거든
검아 나의 신령을 돌멩이로 만들어 다고
개천 바닥에 썩고 있는 돌멩이로 만들어 다고.

# 선구자의 노래

나는 남 보기에 미친 사람이란다.
마는 내 알기엔 참된 사람이노라.


나를 아니꼽게 여길 이 세상에는
살려는 사람이 많기도 하여라.


오, 두려워라 부끄러워라.
그들의 꽃다운 사리가 눈에 보인다.


행여나 내 목숨이 있기 때문에
그 살림을 못 살까—아 죄롭다.


내가 알음이 적은가 모름이 많은가.
내가 너무나 어리석은가 슬기로운가.

아무래도 내 하고저움은 미친 짓뿐이라.
남의 꿀 듣는 집을 문흘지 나도 모른다.

사람아 미친 내 뒤를 따라만 오너라
나는 미친 홍에 겨워 죽음도 뵈줄 테다.

# 구루마꾼

〈날마다 하는 남부끄런 이 짓을
너희들은 예사롭게 보느냐?〉고
웃통도 벗은 구루마꾼이
눈 붉혀 뜬 얼굴에 땀을 흘리며
아낙네의 아픔도 가리지 않고
네거리 위에서 소 흉내를 낸다.

# 엿장수

네가 주는 것이 무엇인가?
어린애에게도 늙은이에게도
짐승보다는 신령하단 사람에게
단맛 뵈는 엿만이 아니다
단맛 너머 그 맛을 아는 맘
아무라도 가졌느니 잊지 말라고
큰 가새로 목탁 치는 네가
주는 것이란 어째 엿뿐이랴!

# 거러지

아침과 저녁에만 보이는 거러지[19]야!
이렇게도 완악하게 된 세상을
다시 더 가엾게 여겨 무엇하랴 나오너라.


하나님 아들들의 죄록(罪錄)[20]인 거러지야!
그들은 벼락 맞을 저들을 가엾게 여겨
한낮에도 움 속에 숨어 주는 네 맘을 모른다 나오너라.

---

19) '거지'의 방언.
20) 죄를 기록한 문서.

# 금강송가(金剛頌歌)

## ─중향성(衆香城)21) 향나무를 더우잡고

금강! 너는 보고 있도다─너의 정위(淨偉)로운 목숨이 엎디어 있는 가슴─중향성 품속에서 생각의 용솟음에 끄을려 참회하는 벙어리처럼 침묵의 예배만 하는 나를!

금강! 아, 조선이란 이름과 얼마나 융화된 네 이름이냐. 이 표현의 배경 의식은 오직 마음의 눈으로만 읽을 수 있도다. 모─든 것이 어둠에 질식되었다가 웃으며 놀라 깨는 서색(曙色)22)의 영화와 여일(麗日)23)의 신수(新粹)를 묘사함에서─게서 비로소 열정과 미의 원천인 청춘─광명과 지혜의 자모(慈母)

---

21) 금강산 내금강의 영랑봉 동남쪽을 병풍처럼 둘러싸고 있는 하얀 바위 성.
22) 1. 새벽 빛. 2.서광(曙光)을 받은 산천의 빛.
23) 여일. 화창한 봄날. 또는 맑게 개어 날씨가 좋은 날.

인 자유—생명과 영원의 고향인 묵동(默動)을 볼 수 있으니 조선이란 지오의(指奧義)가 여기 숨었고 금강이란 너는 이 오의(奧義)[24]의 집중 통각에서 상징화한 존재이어라.

금강! 나는 꿈속에서 몇 번이나 보았노라. 자연 가운데의 한 성전인 너를—나는 눈으로도 몇 번이나 보았노라. 시인의 노래에서 또는 그림에서 너를— 하나, 오늘에야 나의 눈앞에 솟아 있는 것은 조선의 정령이 공간으론 우주 마음에 촉각이 되고 시간으론 무한의 마음에 영상이 되어 경이의 창조로 현현(顯現)된 너의 실체이어라.

---

24) 어떤 사물이나 현상이 지니고 있는 깊은 뜻.

금강! 너는 너의 관미(寬美)로운 미소로써 나를 보고 있는 듯 나의 가슴엔 말래야 말 수 없는 야릇한 친애와 까닭도 모르는 경건한 감사로 언젠지 어느덧 채워지고 채워져 넘치도다. 어제까지 어둔 사리에 울음을 우노라－때 아닌 늙음에 쭈그러진 나의 가슴이 너의 자안(慈顔)[25]과 너의 애무로 다리미질한 듯 자그마한 주름조차 볼 수 없도다.

금강! 벌거벗은 조선－물이 마른 조선에도 자연의 은총이 별달리 있음을 보고 애틋한 생각－보배로운 생각으로 입술이 달거라－노래 부르노라.

---

25) 자애로운 얼굴.

금강! 오늘의 역사가 보인 바와 같이 조선이 죽었고 석가가 죽었고 지장미륵(地藏彌勒) 모든 보살이 죽었다. 그러나 우주 생성의 노정을 밟노라―때로 변화되는 이 과도 현상을 보고 묵은 그 시절의 조선의 얼굴을 찾을 수 없어 조선이란 그 생성 전체가 죽고 말았다―어리석은 말을 못하리라. 없어진 것이란 다만 묵은 조선이 죽었고 묵은 조선의 사람이 죽었고 묵은 네 목숨에서 곁방살이하던 인도의 모든 신상이 죽었을 따름이다. 항구한 청춘―무한의 자유―조선의 생명이 종합된 너의 존재는 영원한 자연과 미래의 조선과 함께 길이 누릴 것이다.

금강! 너는 사천여 년의 오랜 옛적부터 퍼붓는 빗

발과 몰아치는 바람에 갖은 위협을 받으면서 황량하다 오는 이조차 없던 강원의 적막 속에서 망각 속에 있는 듯한 고독의 설움을 오직 동해의 푸른 노래와 마주 읊조려 잊어버림으로 서러운 자족을 하지 않고 도리어 그 고독으로 너의 정열을 더욱 가다듬었으며 너의 생명을 갑절 북돋우었도다.

금강! 하루 일찍 너를 못 찾은 나의 게으름─나의 둔각이 얼마만치나 부끄러워, 죄로워 붉은 얼굴로 너를 바라보지 못하고 벙어리 입으로 너를 바로 읊조리지 못하노라.

금강! 너는 완미한 물(物)도 허환(虛幻)한 정(精)도 아닌─물과 정의 혼융체 그것이며, 허수아비의

정(靜)도 미쳐 다니는 동(動)도 아닌 – 정과 동의 화해기 그것이다. 너의 자신이야말로 천변만화(千變萬化)의 영혜(靈慧)[26] 가득 찬 계시이어라. 억대조겁(億代兆劫)의 원각(圓覺)[27]덩어리인 시편이어라. 만물상이 너의 혼융에서 난 예지가 아니냐. 만폭동이 너의 지해(知諧)에서 난 선율이 아니냐. 하늘을 어루만질 수 있는 비로(毘盧)[28] – 미륵이 네 생명의 승앙(昇昂)을 보이며 바다 밑까지 꿰뚫은 팔담(八潭), 구룡이 네 생명의 심삼(深滲)을 말하도다.

금강! 아, 너 같은 극치의 미가 꼭 조선에 있게 되

---

26) (기)영혜하다. 신령스럽고 지혜롭다.
27) 부처의 원만한 깨달음.
28) 비로자나불. 연화장 세계에 살며 그 몸은 법계(法界)에 두루 차서 큰 광명을 내비치어 중생을 제도하는 부처.

었음이 야릇한 기적이고 자그마한 내 생명이 어찌 내 애훈(愛熏)을 받잡게 되었음이 못 잊을 기적이다. 너를 예배하러 온 이 가운데는 시인도 있었으며 도사도 있었다. 그러나 그 시인들은 네 외포미(外包美)의 반쯤도 부르지 못하였고 그 도사들은 네 내재상(內在想)의 첫길에 헤매다가 말았다.

금강! 조선이 너를 뫼신 자랑—네가 조선에 있는 자랑—자연이 너를 낳은 자랑—이 모든 자랑을 속 깊이 깨치고 그를 깨친 때의 경이 속에서 집을 얽매고 노래를 부를 보배로운 한 정령이 미래의 조선에서 나오리라, 나오리라.

금강! 이제 내게는 너를 읊조릴 말씨가 적어졌고

너를 기려 줄 가락이 거칠어져 다만 내 가슴 속에 있는 눈으로 내 마음의 발자국 소리를 내 귀가 헤아려 듣지 못할 것처럼―나는 고요로운 이 황홀 속에서―할아버지의 무릎 위에 앉은 손자와 같이 예절과 자중을 못 차릴 네 웃음의 황홀 속에서―나의 생명, 너의 생명, 조선의 생명이 서로 묵계(黙契)되었음을 보았노라. 노래를 부르며 가벼우나마 이로써 사례를 아뢰누나. 아, 자연의 성전이여! 조선의 영대(靈臺)29)여!

---

29) 1. 신령스러운 곳이라는 뜻으로, 마음을 이르는 말. 2. 임금이 올라가서 사방을 바라보던 대.

# 청량 세계

아침이다.

여름이 웃는다. 한 해 가운데서 가장 힘차게 사는
답게 사노라고 꽃불 같은 그 얼굴로 선잠 깬 눈들을
부시게 하면서 조선이란 나라에도 여름이 웃는다.

오 사람아! 변화를 따르기엔 우리의 촉각이 너무
도 둔하고 약함을 모르고 사라지기만 하고 있다.

그러나 자연은 지혜를 보여주며 건강을 돌려주려
이 계절로 전신을 했어도 다시 온 줄을 이제야 알
때다.

꽃 봐라 꽃 봐라 떠들던 소리가 잠결에 들은 듯이
흐려져 버리고 숨가쁜 이 더위에 떡갈잎 잔디풀이
까지끗지 터졌다.

오래지 않아서 찬이슬이 내리면 빛살에 다 쬐인 능금과 벼알에 배부른 단물이 빙그레 돌면서 그들의 생명은 완성이 될 것이다.

열정의 세례를 받지도 않고서 자연의 성과만 기다리는 신령아! 진리를 따라가는 한 갈래 길이라고 자랑삼아 안고 있는 너희들의 그 이지는 자연의 지혜에서 캐온 것이 아니라 인생의 범주를 축제(縮製)함으로써 자멸적 자족에서 긁어모은 망상이니 그것은 진도 아니요 선도 아니며 더우든 미도 아니요 다만 사악이 생명의 탈을 쓴 것뿐임을 여기서도 짐작을 할 수 있다.

아 한낮이다.

이마 위로 내려 쪼이는 백금실 같은 날카로운 광선이 머리가닥마다를 타고 골속으로 스며들며 마음을 흔든다 마음을 흔든다-나뭇잎도 번쩍이고 바람결도 번쩍이고 구름조차 번쩍이나 사람만 홀로 번쩍이지 않는다고-.

언젠가 우리가 자연의 계시에 충동이 되어서 인생의 의식을 실현한 적이 조선의 기억에 있느냐 없느냐? 두더지같이 살아온 우리다. 미적지근한 빛에서는 건강을 받기보담 권태증을 얻게 되며 잇닿은 멸망으로 나도 몰래 넘어진다.

살려는 신령들아! 살려는 네 심원도 나무같이 뿌리 깊게 땅 속으로 얽어매고 오늘 죽고 말지언정 자연과의 큰 조화에 나누이지 말아야만 비로소 내 생명을 가졌다고 할 것이다.

저녁이다.

여름이 성내었다 여름이 성내었다 하늘을 보아라 험살스런 구름떼가 빈틈없이 덮여 있고 땅을 보아라 분념(忿念)이 꼭두로 오를 때처럼 주먹 같은 눈물이 함박으로 퍼붓는다.

까닭 몰래 감흥이 되고 답답하게 무더우나 가슴 속에 물기가 돌며 마음이 반가웁다. 오 얼마나 통쾌하고 장황한 경면(景面)인가!

강둑이 무너질지 땅바닥이 갈라질지 의심과 주저도 할 줄을 모르고 귀청이 찢어지게 소리를 치면서 최시(最始)와 최종(最終)만 회복해 보려는 마지못할 그 일념을 번갯불이 선언한다.

아, 이때를 반길 이가 어느 누가 아니랴마는 자신과 경물(景物)[30]에 분재된 한 의식을 동화시킬 그 생명도 조선아 가졌느냐? 자연의 열정인 여름의 변화를 보고 불쌍하게 무서워만 하는 마음이 약한 자와 죄과를 가진 자여 사악에 추종을 하던 네 행위의 징벌을 이제야 알아라.

그러나 네 마음에 뉘우친 생명이 굽이를 치거든 망령되게 절망을 말고 저—편 하늘을 바라다보아라. 검은 구름 사이로 흰구름이 보이고 그 너머 저녁놀이 돌지를 않느냐?

---

30) 계절에 따라 달라지는 경치.

오늘 밤이 아니면 새는 아침부터는 아마도 이 비가 개이곤 말 것이다.
아, 자연은 이렇게도 언제든지 시일을 준다.

# 오늘의 노래

나의 신령!
우울(憂鬱) 헤칠 그날이 왔다!
나의 목숨아!
발악을 해 볼 그때가 왔다.


사천년이란 오랜 동안에
오늘의 이 아픈 권태 말고도 받은 것이 있다면 그
게 무엇이라,
시기에서 난 분열과 게서 얻은 치욕이나 열정을
죽였고
새로 살아날 힘조차 뜯어먹으려는―
관성이란 해골의 떼가 밤낮으로 도깨비 춤추는 것
뿐이 아니냐?
아―문둥이의 송장 뼈다귀보다도 더 더럽고

독사의 삭은 등성이 뼈보다도 더 무서운 이 해골을
태워 버리자! 태워 버리자!

부끄러워라, 제 입으로도 거룩하다 자랑하는 나의
몸은
안을 수 없는 이 괴롬을 피하려 잊으려
선웃음치고 하품만 몇 해째 속에서 졸고 있다.
그러나 아직도—

쉴 사이 없이 울며 가는 자연의 변화가 내 눈에
내 눈에 보이고
〈죽지도 살지도 않는 너는 생명이 아니다〉란 내
맘의 비웃음까지 들린다 들린다
아 서리 맞은 배암과 같은 이 목숨이나마 끊어지

기 전에

입김을 불어 넣자 핏물을 들여 보자.


묵은 옛날은 돌아보지 말려고 기억을 무찔러 버리고

또 하루 못 살면서 먼 앞날을 좇아가려는 공상도

말아야겠다.

게으름이 빚어낸 졸음 속에서 나올 것이란 죄 많

은 잠꼬대뿐이니

오랜 병으로 혼백을 잃은 나에게 무슨 놀라움이

되랴,

애달픈 멸망의 해골이 되려는 나에게 무슨 영약이

되랴.

아 오직 오늘의 하루로부터 먼저 살아나야겠다.

그리하여 이 하루에서만 영원을 잡아 쥐고 이 하

루에서 세기(世紀)를 헤아리려
　권태를 부수자! 관성을 죽이자!

　나의 신령아!
　우울(憂鬱)을 헤칠 그날이 왔다.
　나의 목숨아!
　발악을 해 볼 그때가 왔다.

# 몽환병

목적도 없는 동경에서 명정(酩酊)하던31) 하루이 었다.

어느 날 한낮에 나는 나의 〈에덴〉이라는 솔숲 속에 그날도 고요히 생각에 까무러지면서 누워 있었다.

잠도 아니요 죽음도 아닌 침울이 쏟아지며 그 뒤를 이어선 신비로운 변화가 나의 심령 위로 덮쳐 왔다.

나의 생각은 넓은 벌판에서 깊은 구렁으로—다시 아침 광명이 춤추는 절정으로—또다시 끝도 없는 검은 바다에서 낯선 피안으로—구름과 저녁놀이 흐느끼는 그 피안에서 두려움 없는 주저에 나른하여 눈을 감고 주저앉았다.

---

31) (기)명정하다. 몸을 가눌 수 없을 정도로 술에 몹시 취하다.

오래지 않아 내 마음의 길바닥 위로 어떤 검은 안개 같은 요정이 소리도 없이 방만한 보조로 무엇을 찾는 듯이 돌아다녔다. 그는 모두 검은 의상을 입었는가-한 억측(憶觸)이 나기도 하였다. 그때 나의 몸은 갑자기 열병 든 이의 숨결을 지었다. 온몸에 있던 맥박이 한꺼번에 몰려 가슴을 부술 듯이 뛰놀았다.

그리하자 보고저워 번갯불같이 일어나는 생각으로 두 눈을-부비면서 그를 보려 하였으나 아-그는 누군지-무엇인지-형적조차 언제 있었더냐 하는 듯이 사라져 버렸다. 애닯게도 사라져 버렸다.

다만 나의 기억에는 얼굴에까지 흑색 면사를 쓴

것과 그 면사 너머에서 햇살 쪼인 석탄과 같은 눈알 두 개의 깜작이던 것뿐이었다.

아무리 보고자 하여도 구름 덮인 겨울과 같은 유장이 안계(眼界)로 전개될 뿐이었다. 발자국 소리나 옷자락 소리조차 남기지 않았다.

갈피도-까닭도 못 잡을 그리움이 내 몸 안과 밖 어느 모퉁이에서나 그칠 줄 모르는 눈물과 같이 흘러내렸다-흘러내렸다.

숨가쁜 그리움이었다-못 참을 것이었다.

아! 요정은 전설과 같이 갑자기 현현하였다. 그는 하얀 의상을 입었다. 그는 우상과 같이 방그레 웃을 뿐이었다. 뽀얀 얼굴에-새까만 눈으로 연붉은 입술로—소리도 없이 웃을 뿐이었다. 나는 청맹과니[32]모양으로 바라보았다—들여다보았다.

오! 그 얼굴이었다—그의 얼굴이었다—잊혀지지 않는 그의 얼굴이었다. 내가 항상 만들어보던 것이었다.

목이 메고 청이 잠겨서 가슴 속에 끓는 마음이 말이 되어 나오지 못하고 불김 같은 숨결이 켜질 뿐이었다. 손도 들리지 않고 발도 떨어지지 않고 가슴 위에 쌓인 바윗돌을 떼밀려고 애쓸 뿐이었다.

_____

32) 겉으로 보기에는 눈이 멀쩡하나 앞을 보지 못하는 눈. 또는 그런 사람.

그는 검은 머리를 흩뜨리고 한 걸음—한 걸음—걸어왔다. 나는 놀라운 생각으로 자세히 보았다. 그의 발이 나를 향하고 그의 눈이 나를 부르고 한 자국 한 자국 내게로 와 섰다. 무엇을 말할 듯한 입술로 내게로—내게로 오던 것이다—나는 눈이야 찢어져라고 크게만 떠 보았다. 눈초리도 이빨도 똑똑히 보였다.

그러나 갑자기 그는 걸음을 멈추고 입을 다물고 나를 보았다—들여다보았다. 아 그 눈이 다른 눈으로 나를 보았다. 내 눈을 뚫을 듯한 무서운 눈이었다. 아 그 눈에서—빗발 같은 눈물이 흘렀다. 까닭 모를 눈물이었다. 답답한 설움이었다.

여름 새벽 잔디풀 잎사귀에 맺혀서 떨어지는 이슬과 같이 그의 검고도 가는 속눈썹마다에 수은 같은 눈물이 방울방울이 달려 있었다.

아깝고 애처로운 그 눈물은 그의 두 볼—그의 손등에서 반짝이며 다시 고운 때 묻은 모시치마를 적시었다. 아! 입을 벌리고 받아먹고 저운 귀여운 눈물이었다. 뼛속에 감추어 두고저운 보배로운 눈물이었다.

그는 어깨를 한두 번 비슥하다가 나를 등지고 돌아섰다. 흩은 머리숱이 온통을 덮은 듯하였다. 나는 능수버들 같은 그 머리카락을 안으려 하였다—하다 못해 어루만져라도 보고저웠다. 그러나 그는 한 걸음—두 걸음 저리로 갔다. 어쩔 줄 모르는 설움만을 나의 가슴에 남겨다 두고 한 번이나마 돌아볼 바도 없이 찬찬히 가고만 있었다. 잡으려야 잡을 수 없이 가다간 갑자기 사라져 버렸다. 눈알이 빠진 듯한 어둠뿐이었다. 행여나 하는 맘으로 두 발을 꼬고 기다렸었다. 하나 그것은 헛일이었다. 아무것도 보이지 않았다. 이리하여 그는 가고 오지 않았다.

나의 생각엔 곤비한 밤의 단꿈 뒤와 같은 추고(追考)33)－가상의 영감이 떠돌 뿐이었다. 보담 더 야릇한 것은 그 요정이 나오던 그때부터는－사라진 뒤 오래도록 마음이 미온수에 잠긴 어름 조각처럼 부유가 되며 해이(解弛)34)가 되나 그래도 무정방(無定

---

33) 지나간 일을 나중에 생각함.
34) 긴장이나 규율 따위가 풀려 마음이 느슨함. '풀림'으로 순화.

方)으로 욕념(慾念)에도 없는 무엇을 찾는 듯하였다.

그때 눈과 마음의 〈렌즈〉에 영화된 것은 다만 장님의 머릿속을 들여다보는 듯한 혼란뿐이요 영혼과 입술에는 훈향에 비친 나비의 넋 빠진 침묵이 흐를 따름이었다. 그밖엔 오직 망각이 이제야 뗀 입 속에서 자체의 존재를 인식하게 된 기억으로 거닐 뿐이었다.

나는 저물어가는 하늘에 조으는 별을 보고 눈물 젖은 소리로

〈날은 저물고
밤이 오도다
흐릿한 꿈만 안고
나는 살도다〉고 하였다.

아! 한낮에 눈을 뜨고도 이렇던 것은 나의 병인가 청춘의 병인가? 하늘이 부끄러운 듯이 새빨개지고 바람이 이상스러운지 속삭일 뿐이다.

# 새 세계

나는 일찍 이 세상 밖으로
남모를 야릇한 나라를 찾던 나이다.
그러나 지금은 넘치는 만족으로
나의 발치에서 놀라고 있노라.

이제는 내가 눈앞의 사랑을 찾고
가마득한 나라에선 찾지 않노라.
햇살에 그을린 귀여운 가슴에
그 나라의 이슬이 맺혀 있으니.

무지갯빛과 같이 오고 또 가고
해와 함께 구슬같이 반짝이며
달빛과 바람과 어우러지도다.

저무는 저녁 입술 내 이마를 태우고
밤은 두 팔로 나를 안으며,
옛날의 살뜰한 맘 다 저버리지 않고
하이얀 눈으로 머리 굽혀 웃는다.

나는 꿈꾸는 내 눈을 닫고
거룩한 광명을 다시 보았다.
예전 세상이 잊지 않던 것처럼.

이리하여 하늘에 있다는 모든 것이
이 세상에 다 있음을 나는 알았다
어둠 속에서 본 한 가닥 햇살은
한낮을 꺼릴 만큼 갑절 더 밝다.

이래서 내 마음 이 세상이 즐거워
옛적 사람과 같이 나는 살면서
은가루 안개를 온몸에 두르고
무르익은 햇살에 그을리노라.

# 조선병(朝鮮病)


어제나 오늘 보이는 사람마다 숨결이 막힌다.
오래간만에 만나는 반가움도 없이
참외꽃 같은 얼굴에 선웃음이 집을 짓더라.
눈보라 몰아치는 겨울 맛도 없이
고사리 같은 주먹에 진땀물이 굽이치더라.
저 하늘에다 봉창이나 뚫으랴 숨결이 막힌다.

# 겨울 마음

물장수가 귓속으로 들어와 내 눈을 열었다.
보아라!
까치가 뼈만 남은 나뭇가지에서 울음을 운다.
왜 이래?
서리가 덩달아 추녀 끝으로 눈물을 흘리는가.
내야 반갑기만 하다 오늘은 따스겠구나.

# 초혼

서럽다 건망증이 든 도회야!
어제부터 살기조차 다—두었대도
몇 백 년 전 네 몸이 생기던 옛 꿈이나마
마지막으로 한 번은 생각코나 말아라.
서울아 반역이 낳은 도회야!

# 동경에서

오늘이 다 되도록 일본의 서울을 헤매어도
나의 꿈은 문둥이 살 같은 조선의 땅을 밟고 돈다.

예쁜 인형들이 노는 이 도회의 호사로운 거리에서
나는 안 잊히는 조선의 하늘이 그리워 애달픈 마
음에 노래만 부르노라.

〈동경〉의 밤이 밝기는 낮이다—그러나 내게 무엇
이랴!
나의 기억은 자연이 준 등불 해금강의 달을 새로이
솟친다.

색채와 음향이 생활의 화려로운 아롱 사(紗)를 짜는—
예쁜 일본의 서울에서도 나는 암멸(暗滅)을 서럽

게-달게 꿈꾸노라.


　아 진흙과 짚풀로 얽맨 움 밑에서 부처같이 벙어
리로 사는 신령아
　우리의 앞엔 가느나마 한 가닥 길이 뵈느냐-없느
냐-어둠뿐이냐?


　거룩한 단순의 상징체인 흰옷 그 너머 사는 맑은
네 맘에
　숯불에 손 데인 어린 아기의 쓰라림이 숨은 줄을
뉘라서 아랴!


　벽옥의 하늘은 오직 네게서만 볼 은총 받았던 조
선의 하늘아

눈물도 땅 속에 묻고 한숨의 구름만이 흐르는 네 얼굴이 보고 싶다.

아 예쁘게 잘 사는 〈동경〉의 밝은 웃음 속을 온 데로 헤매나

내 눈은 어둠 속에서 별과 함께 우는 흐린 초롱불을 넋 없이 볼 뿐이다.

# 본능의 노래

　밤새도록, 하늘의 꽃밭이, 세상으로 옵시사 비는
입에서나,
　날삯에 팔려, 과년해진 몸을 모시는 흙마루에서나
　앓는 이의 조는 숨결에서나, 다시는,
　모든 것을 시들프게 아는, 늙은 마음 위에서나,
　어디서, 언제일는지,
　사람의 가슴에, 뛰놀던 가락이, 너무나 고달파지면
　〈목숨은 가엾은, 부림꾼이라〉 곱게도 살찌게, 쓰
담아 주려
　입으론 하품이 흐르더니—이는 신령의 풍류이어라
　몸에선 기지개가 켜이더니—이는 신령의 춤이어라.


　이 풍류의 소리가, 네 입에서, 사라지기 전,
　이 춤의 발자국이, 네 몸에서, 떠나기 전,

(그때는 가벼운 옴자리를 긁음보다도,

밤마다 꿈만 꾸던 두 입술이 비로소 맞붙는 그때

일러라)

그때의 네 눈엔, 간악한 것이 없고

죄로운 생각은, 네 맘을 밟지 못하도다─,

아, 만 입을 내가, 가진 듯, 거룩한 이 동안을, 나는

기리노라,

때마다, 흘겨보고, 꿈에도 싸우던 넋과 몸이, 어우

러지는 때다,

나는, 무덤 속에 가서도, 이같이 거룩한 때에 살고

자 하려노라.

# 원시적 읍울<sup>35)</sup>

방랑성을 품은 에메랄드 널판의 바다가 말없이 대였음이

묏머리에서 늦여름의 한낮 숲을 보는 듯―조는 얼굴일러라.

짜증나게도 늘어진 봄날―오후의 하늘이야 희기도 하여라.

게선 이따금 어머니의 젖꼭지를 빠는 어린애 숨결이 날려 오도다.

사면(斜綿) 언덕 위도 쭈그리고 앉은 두어 집 울타리마다

걸어 둔 그물에 틈틈이 끼인 조개껍질은 멀리서 웃는 이빨일러라.

---

35) 걱정스러워 마음이 답답함.

마을 앞으로 엎디어 있는 모래 길에는 아무도 없고나.

지난밤 밤 낚기에 나른하여−낮잠의 단술을 마심인가 보다.

다만 두서넛 젊은 아낙네들이 붉은 치마 입은 허리에 광주리를 달고

바다의 꿈같은 미역을 거두며 여울목에서 여울목으로 건너만 간다.

잠결에 듣는 듯한 뻐꾸기의 부드럽고도 구슬픈 울음소리에

늙은 삽사리 목을 뻗고 살피다간 다시 눈감고 졸더라.

나의 가슴엔 갈매기 떼와 함께 수평선 밖으로 넘어가는 마음과

넋 잃은 시선—어느 것 보이지도 보려도 않는 물 같은 생각의 구름만 쌓일 뿐이어라.

# 이 해를 보내는 노래

〈가뭄이 들고 큰물이 지고 불이 나고 목숨이 많이 죽은 올해이다. 조선 사람아 금강산에 불이 났다 이 한 말이 얼마나 깊은 묵시인가. 몸서리쳐지는 말이 아니냐. 오 하나님—사람의 약한 마음이 만든 도깨비가 아니라 누리에게 힘을 주는 자연의 영정인 하나뿐인 사람의 예지—를 불러 말하노니 잘못 짐작은 갖지 말고 바로 보아라 이 해가 다 가기 전에—조선 사람의 가슴마다에 숨어 사는 모든 하나님들아!〉

하나님! 나는 당신께 돌려보냅니다.
속 썩은 한숨과 피 젖은 눈물로 이 해를 싸서
웃고 받을지 울고 받을지 모르는 당신께 돌려보냅니다.
당신이 보낸 이 해는 목마르던 나를 물에 빠져 죽

이려다가

누더기로 겨우 가린 헐벗은 몸을 태우려도 하였고

주리고 주려서 사람끼리 원망타가 굶어죽고 만 이 해를 돌려보냅니다.

하나님! 나는 당신께 묻조려 합니다.

땅에 엎드려 하늘을 우러러 창 잡은 손으로

밉게 들을지 섧게 들을지 모르는 당신께 묻조려 합니다.

당신 보낸 이 해는 우리에게 〈노아의 홍수〉를 갖고 왔다가

그날의 〈유황불〉은 사람도 만들 수 있다 태워 보였으나

주리고 주려도 우리들이 못 깨쳤다 굶어 죽였던가 묻조려 합니다.

아, 하나님!

이 해를 받으시고 오는 새해 아침부턴 벼락을 내려 줍소

악도 선보담 더 착할 때 있음을 아옵든지 모르면 죽으리라.

# 시인에게

한 편의 시 그것으로
새로운 세계 하나를 낳아야 할 줄 깨칠 그때라야
시인아 너의 존재가
비로소 우주에게 없지 못할 너로 알려질 것이다,
가뭄 든 논에게는 청개구리의 울음이 있어야 하듯―

새 세계란 속에서도
마음과 몸이 갈려 사는 줄풍류36)만 나와 보아라.
시인아 너의 목숨은
진저리나는 절름발이 노릇을 아직도 하는 것이다.
언제든지 일식된 해가 돋으면 뭣하며 진들 어뎌랴.

---

36) 현악기로 연주하는 풍류.

시인아 너의 영광은

미친개 꼬리도 밟는 어린애의 짬 없는 그 마음이
되어

밤이라도 낮이라도

새 세계를 낳으려 손댄 자국이 시가 될 때에—있다

촛불로 날아들어 죽어도 아름다운 나비를 보아라.

# 통곡

하늘을 우러러
울기는 하여도
하늘이 그리워 울음이 아니다
두 발을 못 뻗는 이 땅이 애달파
하늘을 흘기니
울음이 터진다
해야 웃지 마라
달도 뜨지 마라

# 빼앗긴 들에도 봄은 오는가

지금은 남의 땅―빼앗긴 들에도 봄은 오는가?

나는 온몸에 햇살을 받고
푸른 하늘 푸른 들이 맞붙은 곳으로
가르마 같은 논길을 따라 꿈속을 가듯 걸어만 간다.

입술을 다문 하늘아 들아
내 맘에는 나 혼자 온 것 같지를 않구나
네가 끌었느냐 누가 부르더냐 답답워라 말을 해 다오.

바람은 내 귀에 속삭이며
한 자국도 섰지 마라 옷자락을 흔들고
종다리는 울타리 너머 아가씨같이 구름 뒤에서 반

갑다 웃네.


　고맙게 잘 자란 보리밭아
　간밤 자정이 넘어 내리던 고운 비로
　너는 삼단 같은 머리를 감았구나 내 머리조차 가
뿐하다.


　혼자라도 가쁘게나 가자
　마른 논을 안고 도는 착한 도랑이
　젖먹이 달래는 노래를 하고 제 혼자 어깨춤만 추
고 가네.


　나비 제비야 깝치지37) 마라
　맨드라미 들마꽃에도 인사를 해야지

아주까리 지심기름을 바른 이가 지심매던 그들이
라 다 보고 싶다.


내 손에 호미를 쥐어 다오
살진 젖가슴 같은 부드러운 이 흙을
팔목이 시도록 매고 좋은 땀조차 흘리고 싶다.


강가에 나온 아이와 같이
짬도 모르고 끝도 없이 닫는 내 혼아
무엇을 찾느냐 어디로 가느냐 우습다 답을 하려무나.


나는 온몸에 풋내를 띠고
푸른 웃음 푸른 설움이 어우러진 사이로
다리를 절며 하루를 걷는다 아마도 봄 신령이 잡

---

37) '재촉하다'의 방언.

했나 보다.

그러나 지금은―들을 빼앗겨 봄조차 빼앗기겠네.

# 비 갠 아침

밤이 새도록 퍼붓던 그 비도 그치고
동편 하늘이 이제야 불그레하다
기다리는 듯 고요한 이 땅 위로
해는 점잖게 돋아 오른다

눈부시는 이 땅
아름다운 이 땅
내야 세상이 너무도 밝고 깨끗해서
발을 내밀기가 황송만 하다

해는 모든 것에게 젖을 주었나 보다
동무여 보아라
우리의 앞뒤로 있는 모든 것이
햇살의 가닥―가닥을 잡고 빨지 않느냐.

이런 기쁨이 또 있으랴
이런 좋은 일이 또 있으랴
이 땅은 사랑뭉텅이 같구나
아 오늘의 우리 목숨은 복스러워도 보인다.

# 달밤 - 도회(都會)

먼지투성인 지붕 위로
달이 머리를 쳐들고 서네.


떡잎이 터진 거리의 포플러가 실바람에 불려
사람에게 놀란 도적이 손에 쥔 돈을 놓아 버리듯
하늘을 우러러 은쪽을 던지며 떨고 있다.


풋솜38)에나 비길 얇은 구름이
달에게로 달에게로 날아만 들어
바다 위에 섰는 듯 보는 눈이 어지럽다.


사람은 온몸에 달빛을 입은 줄도 모르는가

---

38) 실을 켤 수 없는 허드레 고치를 삶아서 늘여 만든 솜. 빛깔이 하얗고 광택이
나며 가볍고 따뜻하다. 풀솜.

둘씩 셋씩 짝을 지어 예사롭게 지껄인다
아니다 웃을 때는 그들의 입에 달빛이 있다 달 이
야긴가 보다.


아 하다못해 오늘 밤만 등불을 꺼 버리자
촌각시같이 방구석에서 추녀 밑에서
달을 보고 얼굴을 붉힌 등불을 보려무나


거리 뒷간 유리창에도
달은 내려와 꿈꾸고 있네.

# 달아

달아!
하늘 가득히 서리운 안개 속에
꿈 모닥이 같이 떠도는 달아
나는 혼자
고요한 오늘 밤을 들창에 기대어
처음으로 안 잊히는 그이만 생각는다.
달아!
너의 얼굴이 그이와 같네
언제 보아도 웃던 그이와 같네
착해도 보이는 모닥이 달아
만져 보고저운 달아
잘도 자는 풀과 나무가 예사롭지 않네
달아!
나도 나도

문틈으로 너를 보고
그이 가깝게 있는 듯이
야릇한 이 마음 안은 이대로
다른 꿈은 꾸지도 말고 단잠에 들고 싶다.
달아!
너는 나를 보네
밤마다 손치는 그이 눈으로―
달아 달아
즐거운 이 가슴이 아프기 전에
잠재워 다오―내가 내가 자야겠네.

# 파란 비

　파-란 비가 〈초-ㄱ초-ㄱ〉 명주 씻는 소리를 하고 오늘 낮부터 아직도 온다.
　비를 부르는 개구리 소리 어쩐지 을씨년스러워 구슬픈 마음이 가슴에 밴다.

　나는 마음을 다 쏟던 바느질에서 머리를 한 번 쳐들고는 아득한 생각으로 빗소리를 듣는다.
　〈초-ㄱ촉-ㄱ〉 내 울음같이 훌쩍이는 빗소리야 내 눈에도 이슬비가 속눈썹에 듣는구나.
　날 맞도록 오기도 하는 파-란 비라고 서러움이 아니다.
　나는 이 봄이 되자 어머니와 오빠 말고 낯선 다른 이가 그리워졌다.
　그러기에 나의 설움은 파-란 비가 오면부터 남부

끄러 말은 못하고 가슴 깊이 뿌리가 박혔다.

　매몰스런 파-란 비는 내가 지금 이와 같이 구슬픈 지는 꿈에도 모르고 〈초-ㄱ 초-ㄱ〉 나를 울린다.

# 병적 계절

기러기 제비가 서로 엇갈림이 보기에 이리도 설운가,
귀뚜리 떨어진 나뭇잎을 부여잡고 긴 밤을 새네.
가을은 애달픈 목숨이 나누어질까 울 시절인가 보다.

가없는 생각 짬 모를 꿈이 그만 하나 둘 잦아지려
는가,
홀아비같이 헤매는 바람 떼가 한 배 가득 굽이치네.
가을은 구슬픈 마음이 앓다 못해 날뛸 시절인가
보다.

하늘을 보아라 야윈 구름이 떠돌아다니네.
땅 위를 보아라 젊은 조선이 떠돌아다니네.

# 지구 흑점의 노래

영영 변하지 않는다 믿던 해 속에도 검은 점이 돋쳐
—세상은 수이 식고 말려 여름철부터 모르리라—
맞거나 말거나 덩달아 걱정은 하나마
죽음과 삶이 숨바꼭질하는 위태로운 땅덩이에서도
어째 여기만은 눈 빠진 그믐밤조차 더 내려 깔려
애달픈 목숨들이—길욱하게도 못 살 가엾은 목숨
들이 무엇을 보고 어찌 살고 앙가슴[39]을 뚜드리다
미쳐나 보았던가.

아 사람의 힘은 보잘것없다 건방지게 비웃고

구만 층 높은 하늘로 올라가 사는 해 걱정을 함이
야말로 주제넘다.

대대로 흙만 파먹으면 한결같이 살려니 하던 것도

---

39) 두 젖 사이의 가운데.

−우스꽝스런 도깨비에게 홀린 긴 꿈이었구나−

　알아도 겪어도 예사로 여겨만 지는가

　이미 밤이면 반딧불 같은 별이나마 나와는 주어야지

　어쩨 여기만은 숨통 막는 구름조차 또 겹쳐 끼어

　울어도 쓸데없이−단 하루라도 살 듯 살아 볼 거
리 없이

　무엇을 믿고 잊어볼꼬 땅바닥에 뒤궁굴다 죽고나
말 것인가

　아 사람의 마음은 두려울 것 없다 만만하게 생각고

　천 가지 갖은 지랄로 잘 까부리는40) 저 하늘을 둠
이야말로 속 터진다.

---

40) '까불다'의 방언.

# 저무는 놀 안에서

## —노인(勞人)[41]의 구고를 읊조림

거룩하고 감사론 이 동안이
영영 있게시리 나는 울면서 빈다.
하루의 이 동안―저녁의 이 동안이
다만 하루만치라도 머물러 있게시리 나는 빈다.

우리의 목숨을 기르는 이들
들에서 일깐[42]에서 돌아오는 때다.
사람아 감사의 웃는 눈물로 그들을 씻자.
하늘의 하나님도 쫓아낸 목숨을 그들은 기른다.

아 그들의 흘리는 땀방울이
세상을 만들고 다시 움직인다.

---

41) 고된 일을 하는 사람.
42) '일간'으로 추정. '일간'은 일을 하는 방.

가지런히 뛰는 네 가슴 속을 듣고 들으면
그들의 헐떡이던 거룩한 숨결을 네가 찾으리라.


땀 찬 이마와 맥 풀린 눈으로
괴론 몸 움막집에 쉬러 오는 때다.
사람아 마음의 입을 열어 그들을 기리자
하나님이 무덤 속에서 살아옴에다 어찌 견주랴.


거룩한 저녁 꺼지려는 이 동안에 나 혼자 울면서
노래 부른다.
사람이 세상의 하나님을 알고 섬기게시리 나는 노
래 부른다.

# 비를 다고

## ―농민의 정서를 읊조림

사람만 다라워질 줄로 알았더니
필경에는 믿고 믿던 하늘까지 다라워졌다.
보리가 팔을 벌리고 달라다가 달라다가
이제는 곯아진 몸으로 목을 댓 자나 빠주고[43] 섰
구나!

반갑지도 않은 바람만 냅다 불어
가엾게도 우리 보리가 달증[44]이 든 듯이 노랗다.
풀을 뽑느니 이랑에 손을 대 보느니 하는 것도
이제는 헛일을 하는가 싶어 맥이 풀려만 진다!

거름이야 죽을 판 살 판 거루어 두었지만

---

43) (기)빠주다. '빠뜨리다'의 방언.
44) 황달(黃疸).

비가 안 와서-원수놈의 비가 오지 않아서
보리는 벌써 목이 말라 입에 대지도 않는다.
이렇게 한 장 동안만 더 간다면
그만- 그만이다. 죽을 수밖에 없는 노릇이구나!

하늘아 한 해 열두 달 남의 일 해주고 겨우 사는
이 목숨이
곯아 죽으면 네 맘에 시원할 게 뭐란 말이냐
제발 빌자! 밭에서 갈잎 소리가 나기 전에
무슨 수가 나 주어야 올해는 그대로 살아나가 보제!

더러운 사람놈의 세상에 몹쓸 팔자를 타고나서
살도 죽도 못해 잘난 이 짓을 대대로 하는 줄은
하늘아! 네가 말은 안 해도 짐작이야 못 했겠나

보리도 우리도 오장이 다 탄다 이러지 말고 비를
다고!

# 곡자사(哭子詞)

웅희야! 너는 갔구나
엄마가 넌지 아빠가 넌지
너는 모르고 어디로 갔구나!

불쌍한 어미를 가졌기 때문에
가난한 아비를 두었기 때문에
오자마자 네가 갔구나.

달보다 잘났던 우리 웅희야
부처님보다도 착하던 웅희야
너를 언제나 안아나 줄꼬.

그러께 팔월에 네가 간 뒤
그 해 시월에 내가 갇히어

네 어미 간장을 태웠더니라.

지나간 오월에 너를 얻고서
네 어미가 정신도 못 차린 첫 칠날
네 아비는 또다시 갇히었더니라.

그런 뒤 오온 한 해도 못 되어
갖은 꿈 온갖 힘 다 쓰려던
이 아비를 버리고 너는 갔구나

불쌍한 속에서 네가 태어나
불쌍한 한숨에 휩쌔고 말 것
어미 아비 두 가슴에 못이 박힌다.

말 못하던 너일망정 잘 웃기 따에
장차는 어려움 없이 잘 지내다가
사내답게 한평생을 마칠 줄 알았지.

귀여운 네 발에 흙도 못 묻혀
몹쓸 이런 변이 우리에게 온 것
아, 마른하늘 벼락에다 어이 견주랴.

너 위해 얽던 꿈 어디 쓰고
네게만 쏟던 사랑 어디 줄꼬
웅희야 제발 다시 숨 쉬어 다오

하루해를 네 곁에서 못 지내 본 것
한 가지도 속시원히 못 해준 것

감옥방 판자벽이 얼마나 울었던지.

웅희야! 너는 갔구나
웃지도 울지도 꼼짝도 않고.

불쌍한 선물로 설움을 끼고
가난한 선물로 몹쓸 병 안고
오자마자 네가 갔구나.

하늘보다 더 미덥던 우리 웅희야
이 세상엔 하나밖에 없던 웅희야
너를 언제나 안아나 줄꼬―

# 대구 행진곡

앞으로는 비슬산 뒤로는 팔공산
그 복판을 흘러가는 금호강 물아
쓴 눈물 긴 한숨이 얼마나 세기에
밤에는 밤 낮에는 낮 이리도 우나

반 남아 무너진 달구성 옛터에나
숲 그늘 우거진 도수원 놀이터에
오고가는 사람이 많기야 하여도
방천45) 둑 고목처럼 여윈 이 얼마랴

넓다는 대구 감영 아무리 좋대도
웃음도 소망도 빼앗긴 우리로야

---

45) 둑을 쌓거나 나무를 많이 심어서 냇물이 넘쳐 들어오는 것을 막음. 또는
그 둑.

님조차 못 가진 외로운 몸으로야
앞뒤뜰 다 헤매도 가슴이 답답타

가을 밤 별같이 어여쁜 이 있거든
착하고 귀여운 술이나 부어 다고
숨가쁜 이 한밤은 잠자도 말고서
달 지고 해 돋도록 취해나 볼 테다.

# 예지(叡智)


혼자서 깊은 밤에 별을 보옴에
갓모를 백사장에 모래알 하나같이
그리도 적게 세인 나인 듯하여
갑갑하고 애닯다가 눈물이 되네.

# 반딧불

## —단념은 미덕이다—

보아라, 저기!
아—니 또 여기!

가마득한 저문 바다 등대와 같이
짙어 가는 밤하늘에 별 낱과 같이
켜졌다 꺼졌다 깜작이는 반딧불!

아 철없이 뒤따라 잡으려 마라
장미꽃 향내와 함께 듣기만 하여라
아낙네의 예쁨과 함께 맞기만 하여라.

# 농촌의 집

아버지는 지게 지고 논밭으로 가고요
어머니는 광지 이고 시냇가로 갔어요
자장자장 우지 마라 나의 동생아
네가 울면 나 혼자서 어찌 하라냐.

해가 져도 어머니는 왜 오시지 않나
귀한 동생 배고파서 울기만 합니다.
자장자장 우지 마라 나의 동생아
저기저기 돌아오나 마중 가 보자.

# 역천(逆天)[46]


이때야말로 이 나라의 보배로운 가을철이다
더구나 그림도 같고 꿈과도 같은 좋은 밤이다
초가을 열나흘 밤 열푸른 유리로 천장을 한 밤
거기서 달은 마중 왔다 얼굴을 쳐들고 별은 기다
린다 눈짓을 한다.
그리고 실낱같은 바람은 길을 끄으려 바래노라 이
따금 성화를 하지 않는가.


그러나 나는 오늘 밤에 좋아라 가고프지가 않다.
아니다, 나는 오늘 밤에 좋아라 보고프지도 않다.


이런 때 이런 밤 이 나라까지 복지게 보이는 저편

---

46) 하늘의 뜻을 어김. 역천명(逆天命).

하늘을

　햇살이 못 쪼이는 그 땅에 나서 가슴 밑바닥으로
못 웃어본 나는 선뜻만 보아도

　철모르는 나의 마음 홀아비 자식 아비를 따르듯
불 본 나비가 되어

　꾀이는 얼굴과 같은 달에게로 웃는 이빨 같은 별
에게로

　앞도 모르고 뒤도 모르고 곤두치듯 줄달음질을 쳐
서 가더니.


　그리하야 지금 내가 어디서 무엇 때문에 이 짓을
하는지

　그것조차 잊고서도 낮이나 밤이나 노닐 것이 두렵다.

걸림 없이 사는 듯하면서도 걸림뿐인 사람의 세상—

아름다운 때가 오면 아름다운 그때와 어울려 한 뭉텅이가 못 되어지는 이 살이—

꿈과도 같고 그림 같고 어린이 마음 위와 같은 나라가 있어

아무리 불러도 멋대로 못 가고 생각조차 못하게 지천을 떠는 이 설움

벙어리 같은 이 아픈 설움이 칡덩굴같이 몇 날 몇 해나 얽히어 틀어진다.


보아라 오늘 밤에 하늘이 사람 배반하는 줄 알았다.

아니다 오늘 밤에 사람이 하늘 배반하는 줄도 알았다.

# 나는 해를 먹다

구름은 차림 옷에 놓기 알맞아 보이고
하늘은 바다같이 깊다란-하다.


한낮 뙤약볕이 쬐는지도 모르고
온몸이 아니 넋조차 깨온-아찔하여지도록
뼈저리는 좋은 맛에 자지러지기는
보기 좋게 잘도 자란 과수원의 목거지다.


배추 속처럼 핏기 없는 얼굴에도
푸른빛이 비치어 생기를 띠고
더구나 가슴에는 깨끗한 가을 입김을 안은 채
능금을 부수노라 해를 지우나니.


나뭇가지를 더우잡고 발을 뻗기도 하면서

무성한 나뭇잎 속에 숨어 수줍어하는
탐스럽게 잘도 익은 과일을 찾아
위태로운 이 짓에 가슴을 조이는 이때의 마음 저
하늘같이 맑기도 하다.

머리가닥 같은 실바람이 아무리 나부껴도
메밀꽃밭에 춤추던 벌들이 아무리 울어도
지는 날 예쁜이를 그리어 살며시 눈물지는,
그런 생각은 꿈밖에 꿈으로도 보이지 않는다.

남의 과일밭에 몰래 들어가
험상스런 얼굴과 억센 주먹을 두려워하면서
하나 둘 몰래 훔치던 어릴 적 철없던 마음이 다시 살
아나자

그립고 우습고 죄 없던 그 기쁨이 오늘에도 있다.

부드럽게 쌓여 있는 이랑의 흙은
솥뚜껑을 열고 밥김을 맡는 듯 구수도 하고
나무에 달린 과일─푸른 그릇에 담긴 깍두기같이
입 안에 맑은 침을 자아내나니.

첫가을! 금호강 굽이쳐 흐르고
벼이삭 배부르게 늘어져 섰는
이 벌판 한가운데 주저앉아서
두 볼이 비자웁게 해 같은 능금을 나는 먹는다.

# 기미년

이 몸이 제아무리 부지런히 소원대로
어머님 못 뫼시니 죄롭쇠다47) 비올 적에
남이야 허랑타한들 내 아노라 우시던 일.

---

47) (기) 죄롭다. 몹시 가슴이 아플 정도로 가긍스럽거나 불쌍하다.

# 서러운 해조(諧調)<sup>48)</sup>

하얗던 해는
떨어지려 하여
헐떡이며
피 뭉텅이가 되다.


새붉은 마음은
늙어지려 하여
곯아지며
굼벵이 집이 되다.


하루 가운데
오는 저녁은

---

48) 즐거운 가락.

너그럽다는 하늘의
못 속일 멍통일러라.

일생 가운데
오는 젊음은
복스럽다는 인간의
못 감출 설움일러라.

# 쓰러져가는 미술관

## —어려서 돌아간 〈인순〉의 신령에게

옛 생각 많은 봄철이 불타오를 때
사납게 미친 모―든 욕망―회한을 가슴에 안고
나는 널 속을 꿈꾸는 이불에 묻혔어라

조각조각 흩어진 내 생각은 민첩하게도
오는 날 묵은 해 뫼 너머 구름 위를 더우잡으며
말 못할 미궁에 헤맬 때 나는 보았노라

진흙 칠한 하늘이 나직하게 덮여
야릇한 그늘 끼인 냄새가 떠도는 검은 놀 안에
오 나의 미술관! 네가 게서 섰음을 내가 보았노라

내 가슴의 도장에 숨어 사는 어린 신령아!
세상이 둥근지 모난지 모르던 그 날 그 날

내가 네 앞에서 부르던 노래를 아직도 못 잊노라

클레오파트라의 코와 모나리자의 손을 가진
어린 요정아! 내 혼을 가져간 요정아!
가차운[49] 먼 길을 밟고 가는 너야 나를 데리고 가라

오늘은 임자도 없는 무덤—쓰러져가는 미술관아
잠자지 않는 그날의 기억을 안고 안고
너를 그리노라 우는 웃음으로 살다 죽을 나를 불러라

---

49) (기)가찹다. '가깝다'의 방언.

# 청년

청년―그는 동망(憧望)―제대로 노니는 향락의 임자
첫여름 돋는 해의 혼령일러라.


흰옷 입은 내 어느덧 스물 젊음이어라
그러나 이 몸은 울음의 왕이어라.


마음은 하늘가를 날면서도
가슴은 붉은 땅을 못 떠나노라


바람도 기쁨도 어린애 잠꼬대로
해 밑에서 밤 자리로 ○○○○○○[50]

---

50) 해독 불명.

청년—흰옷 입은 나는 비수의 임자
느껴울 빚은 술의 생명일러라.

# 무제

오늘 이 길을 밟기까지는
아 그때가 가장 괴롭도다
아직도 남은 애달픔이 있으려니
그를 생각는 오늘이 쓰리고 아프다.

헛웃음 속에 세상이 잊어지고
끌리는 데 사람이 산다면
겸아 나의 신령을 돌멩이로 만들어 다고
제 사리의 길은 제 찾으려는 그를 죽여 다고

참 웃음의 나라를 못 밟을 나이라면
차라리 속 모르는 죽음에 빠지련다.
아 멍들고 이울어진 이 몸은 묻고
쓰린 이 아픔만 품 깊이 안고 죽으련다.

# 그날이 그립다

내 생명의 새벽이 사라지도다

그립다 내 생명의 새벽−설워라 나 어릴 그때도
지나간 검은 밤들과 같이 사라지려는도다

성녀의 피수포(被首布)처럼 더러움의 손 입으로는
감히 대이기도 부끄럽던 아가씨의 목−

젖가슴 빛 같은 그때의 생명!


아 그날 그때에는 낮도 모르고 밤도 모르고 봄빛
을 머금고 움 돋던 나의 영(靈)이

저녁의 여울 위로 곤두치는 고기가 되어

술 취한 물결처럼 갈모로 춤을 추고 꽃심의 냄새
를 뿜는 숨결로 아무 가림도

없는 노래를 잇대어 불렀다

아 그날 그때에는 낮도 없이 밤도 없이 행복의 시
내가 내게로 흘러서 은칠한 웃음을 만들어 내며 혼
자 있어도 외롭지 않았고 눈물이 나와도 쓰린 줄 몰
랐다
내 목숨의 모두가 봄빛이기 때문에 울던 이도 나
만 보면 웃어들 주었다


아 그립다 내 생명의 새벽—설워라 나 어릴 그때
도 지나간 검은 밤들과 같이
사라지려는도다
오늘 성경 속의 생명수에 아무리 조촐하게 씻은
손으로도 감히 만지기에 부끄럽던 아가씨의 목—젖
가슴 빛 같은 그때의 생명!

# 교남학교(嶠南學校)[51] 교가

태백산이 높솟고

낙동강 내달은 곳에

오는 세기 앞잡이들

손에 손을 잡았다.

높은 내 이상 굳은 너의 의지로

나가자 가자 아아 나가자

예서 얻은 빛으로

삼천리 골골에 샛별이 되어라.

---

51) 현재 대구 대륜중고등학교.

# 만주벌[52]

만주벌 묵밭에 묵은 풀은
피맺힌 우리네 살림살이
회오리바람결 같은 신세
이 벌판 먼지가 되나 보다

---

52) 1937년 상화가 백형(伯兄)을 찾아 중국으로 건너갔을 때 지은 시의 일부임.

# 눈이 오시네

눈이 오시면
내 마음은 미치나니
내 마음은 달뜨나니
오 눈 오시는 오늘 밤에
그리운 그이는 가시네
그리운 그이는 가시고
눈은 자꾸 오시네.

눈이 오시면
내 마음은 달뜨나니
내 마음은 미치나니
오 눈 오시는 이 밤에
그리운 그이는 가시네
그리운 그이는 가시고
눈은 오시네.

# 제목미상[53]

## —미들턴 작(作)

나는 일찍 못 들었노라.

참된 사랑이 속 썩지 않고 있다는 말을

그는 애타는 마음, 벌레가 봄철이 예쁜 기록인—

장미꽃 잎새를 뜯어 먹듯 하기 때문이어라

---

[53] 영국의 작가 워싱턴 어빙의 원작소설 『단장(斷章)』을 번역하기 전, 번역가인 상화의 말을 실은 글의 뒤에 시인 미들턴의 시를 번역하여 실어둔 것에서 발췌.

# 머나먼 곳에 있는 님에게
## ―무어 작(作)

머―나 먼 곳 그이 젊은 님이 잠자는 데와 친한
이의
　한숨들이 안 들리는 거기에서,
　그들의 주시(注視)를 벗어나 그가 울도다.
　그의 마음 님 누운 무덤에 있음이어라.


조국의 애달픈 노래를 쉬잖고 부르도다
가락마디가 님이 즐기던 것을 말함일러라.
아, 그의 노래를 사랑할 이가 얼마나 되며
부르는 그 가슴의 쓰림을 뉘라서 알랴!


그의 님은 사랑으로 살았고 나라로 죽었나니
이 두 가지가 그의 목숨을 잡아맨 모든 것이어라.
나라로 흘린 눈물 쉽게 안 마를 테며

못 잊던 사람 그의 뒤를 따를 때도 멀지 않으리라!

오 햇살이 내리는데 그의 무덤을 만들어라.
그리고 눈 부시는 아침이 오마 하였단다.
그리면 그의 님이 있는 비애의 섬에서
저녁의 미소처럼 자는 그를 비추리라.

# 풍랑에 밀리던 배[54]


풍랑에 밀리던 배 어디메로 가단말고
구름이 머흘거든 처음에 날 줄 어이
허술한 배 두신 분네 모두 조심하소서


---

54) 1929년 대구상고 졸업앨범에 부친 시조임.

# 무제

오늘 이 길을 밟기까지는
아 그때가 가장 괴롭도다
아직도 남은 애달픔이 있으려니
그를 생각는 오늘이 쓰리고 아프다

헛웃음 속에 세상이 잊어지고
끄을리는 대 사람이 산다면
겸아 나의 신령을 돌멩이로 만들어 다고
제 삶의 길은 제 찾으려는 그를 죽여 다고

참 웃음의 나라를 못 밟을 나이라면
차라리 속 모르는 죽음에 빠지련다
아 멍들고 이울어진 이 몸은 묻고
쓰린 이 아픔만 품 깊이 안고 죽으련다

# 출가자(出家者)의 유서

나가자! 집을 떠나서 내가 나가자! 내 몸과 내 마음아 빨리 나가자. 오늘까지 나의 존재를 지보(支保)하여[55] 준 고마운 은혜만 사례해 두고 나의 생존을 비롯하러 집을 떠나고 말자. 자족심으로 많은 죄를 지었고, 미봉성(彌縫性)으로 내 양심을 시들게 한 내 몸을 집이란 격리사(隔離舍)[56] 속에 끼이게 함이야말로 우물에 비치는 별과 달을 보라고 아무 것도 모르는 어린아이를 우물가에다 둠이나 다름이 없다. 이따금 아직은 다 죽지 않은 양심의 섬광이 가슴 속에서, 머릿속에 번쩍일 때마다 이 파먹은 자취를 오! 나의 생명아! 너는 얼마나 보았느냐! 어서

---

55) (기)지보하다. 지탱하여 보존하다.
56) 병의 전염을 막기 위하여 병든 가축 또는 병이 의심되는 가축을 따로 가두어 두는 우리.

나가자! 물든 데를 씻고 이지러진 데를 끊어버리러 내 마음 모두가 고질을 품고 움직이려야 움직일 수 없는 반신불구가 되기 전에 나가자! 나가자! 힘자라는 데까지 나가자!

어떤 시대 무슨 사상으로 보든지 사람의 정으로는 집이란 그 집을 없애기와 또 집에서 나를 끌고 나온 다음은 무어라 할 수 없으리만큼 서러운 장면일 것이다. 하지만 이 존재에서 저 생활로 가고 말, 그 과도기를 참으로 지나려는 사람의 밟지 아니치 못할 관문에는 항상 비극이 무엇보담 먼저 그를 시험할 줄 믿는다. 이 시험은 남의 말에서나 내 생각에서나 어떤 짐작만으로는 아무 보람이 없는 것이다. 아니 도리어 아는 척하는 죄만 지을 뿐이다. 오직 참되게 깨친 마음과 정성되게 살 몸뚱이가 서로 어울려져서 치러보아야 할 것이다. 이것은 모르던 것을 발견함이나 또는 모를 것을 현성(顯惺)함과 같은 그런 자랑이 아니다. 다만 자연을 저버릴 수 없는 사람의 생활을 비롯함뿐이다. 자연은 언제 무엇에게든지 이 비극으로 말미암아 새 생명을 주는 것이다.

나의 반성에서 부끄러움은, 고백을 한다면 나의 집에 조그마한 불안이라도 나기 전에 내가 집은 없애지 못할지라도 나라는 나는 나왔어야 할 것이다. 얼굴 두꺼운 핑계일지 모르나 이러한 반성을 비롯한 그때는 반성의 지시를 곧 실행할 만한 의지도 뿌리 깊게 박히지 못한 열여덟 되던 해부터이었지만 그 뒤 어제까지도 실행은 못하였다. 짧게 말하자면 모두가 한갓 미련의 두려움 많은 억제에게 과단성을 빼앗긴 때문이었으며 이 행위의 내면에는 나라는 나의 살려던 힘이 그만치 미약하였다는 사실이 숨어 있다.

이러한 사실로 지명(誌銘)57)된 나의 지난 생명을 읽을 때마다 언제든지 우리에게도 한번은 없어져야만 할 정명(定命)된 집을 구태여 있게스리 애쓰던 미봉성과 또 그러한 속에서 헛꿈을 꾸느니보다 차라리 하루 일찍 미쳐지지 못한 속 쓰린 자족심을 볼 수 있을 것이다.

---

57) 비석이나 종 따위에 새긴 글. 명지(銘誌).

사람이면 다 가지게스리 마련이 된 자기의 양심이 없이는 그에게 한 사람이란 개성의 칭호를 줄 리도 받을 수도 없음과 같이, 그러한 개성이 아니고도 집을 차지한다면 그는 집이 아니라 그 집의 범위만치 그 나라에와 그 시대 인류에게 끼치는 것이란 다만 죄악뿐이기 때문에 집이란 한 존재를 가질 수 없다. 아! 그따위 것보다 나의 양심을 잃어버리지 않도록 애써야겠다. 그래서 나의 개성을 내가 가지고 살아야겠다. 양심 없는 생명이 무엇을 하며 개성 없는 사회를 어디에다 쓰랴. 모든 생각을 한 뭉텅이로 만들 새 생명은 지난 생황의 터전이던 내 몸의 성격을 반성함에서 비롯할 것이다. 이러한 양심에서 생겨난 반성은 곧 양심혁명을 부름이나 다를 바 없다. 이 길은 피할 수 없는 길이다. 나는 내 몸에게 이 길을 따라만 가자고 빌어야겠다.

사람이란 누구이든 혼자 살 수 없는 것이다. 다만 개체로 보아서만이 아니라 개체가 모든 그 집도 한 집만이 살지 못한다. 그러므로 나에게는 그들을 섬기고 또 내가 섬기어질 그런 관계가 있다. 좀더 가까운 의미로 말하지만 그리하지 않을 수 없는 선천적 의무와 이론적 구권(求權)이 있다.

이 의무를 다하고 이 구권을 가지게 된 그때가 비로소 나란 한 사람—양심을 잃지 않는 한 개인—인 사람이 된다. 참으로 사람이 되려면 미봉과 자족으로 개 돼지 노릇을 하는 가운데서 모든 기반을 끊고 나와야 한다. 내 몸속에 있는 개 돼지의 성격을 무엇보다 먼저 부셔야 한다. 세상에서 내가 가장 사랑하던 내 자신조차 아까움 없이 부셔야 할 그 자리에서 무엇 그리 차마 버릴 수 없는 것이 있으랴.

오늘 다시 생각하여도 하늘을 보기 부끄러운 것은 나의 둔각(鈍覺)이었던 것이다. 알게 된 것이 한 자 길이가 되면 그 길이만치는 내가 살아보아야 할 것이다. 그 길이만치 살려면서도 그 앞에 이른바 서러운 장면의 뒤에 올 성공을 미리 의아함에서 얻은 나겁(懦怯)58)으로 말미암아 주저를 하다가 드디어 자족과 미봉으로 지나던 둔각 그것이다. 그 생황에서

---

58) (기)나겁하다. 나약하고 겁이 많다.

이미 살게 되었으면 그 생활대로나 충실하게 살아야 할 것이지만 그리도 못하고 헛되게 시절을 저주하였으며 부질없이 생명을 미워하던 그 둔각이다. 말하자면 자연을 감식할 만한 그런 반성이 없었던 것이다. 개념에서 자낸 자각－입술에 발린 자각－이 넋 잃은 생활에서 무슨 그리 놀랄 만한 소리를 들려줄 수 있을 것인가?

언제든지 한번 오고는 말 이 기운이 하루 일찍 오늘에라도 오게 된 것을 나는 속마음 깊이 기뻐한다. 사람의 몸으로 다른 성수에 가서 살지 않는 바에야 저버릴 수 없는 자연의 가르치는 말을 듣지 않을 수는 없는 것이며 깨치지 않을 수 없는 것이다. 〈설움을 지난 뒤의 기쁨〉이 양심생명의 하나뿐인 희망이다. 영구의 희열은 자연의 방대한 비극 너머에다 모셔놓았다. 아, 나는 이 비극을 마중가야겠다. 양심과 자족, 미봉과의 싸움이다. 다시 말하면 사람과 개돼지와의 싸움이다.

# 시의 생활화

## —관념 표백에서 의식 실현으로

　시는 어떠한 국민에게든지 항상 그 국민의 사상 핵심이 되고 그 국민의 생명 배주(胚珠)59)가 됨에서 비로소 탄생의 축복과 존재할 긍정을 받는 것이다. 여기서 축복과 긍정이란 것은 시 자체의 의식 표현을 암시하는 말이다. 시와 그 주위와의 관계를 말한 것이다.

　그러므로 오늘의 시인은 한 편으로는 사상의 비판자이어야 하고 또한 한 편으로는 생활의 선구자이어야 한다. 그러나 결코 이 비판과 이 선구(先驅)는 남을 말미암아 하는 것이 아니고 모두 나라는 의식과 생명을 순전히 추구함에서 나와야 할 것이다. 그

---

59) 꽃식물의 꽃의 암꽃술에 있는 중요 기관. 정받이한 뒤에 자라서 씨가 되는 것으로, 속씨식물에서는 씨방 안에 생기고, 겉씨식물에서는 밖으로 드러나 있다. 밑씨.

뒤에야 비로소 그 주위 생활의 동력을 나의 마음에 추향(趨向)60)케 하며 나의 의식을 그 생활 위에다 활동시킬 수가 있을 터이다. 그 때에 시인에게는 생활이란 것이 다만 그 자신의 생활만이 아닐 것이다. 우주 속에서 인생 가운데서의 일생일 것이다. 모든 생활을 이 근본정신으로써 통솔할 만하여야 한다. 오직 시학(詩學) 상으로의 사상이란 것은 존재할 수 없는 것이다. 이 시대에 호흡을 같이 하는 민중의 심령에 부합이 될 만한 방향을 지시하여야 할 것이다. 그것은 곧 시란 것이 생활이란 속에서 호흡을 계속하여야 한다는 까닭이다. 현실의 복판에서 발효하여야 한다는 까닭이다. 생활 그것에서 시를 찾아내어야 한다는 까닭이다.

경제학자나 철학자나 사회학자도 그 생활 반면에 시를 잃어버리지 않은데서 비로소 그 생활의 진실이 나며 그 의의의 균제를 얻고 따라서 그 생명의 골을 파악함에서 시인이란 생명을 가진다 할 수 있

---

60) 1. 대세를 좇아감. 2. 대세가 흘러가는 방향. 3. 마음에 쏠리어 따라감.

을 것이다. 왜 그러나 하면 전자들은 생활의 방편의 견제가 되기 쉽고 후자는 생명(生命)의 비약에 분방(奔放)[61]을 일삼기 때문이다. 저것은 방류(傍流)이고 이것은 주조(主潮)인 까닭이다. 다만 시인은 그의 사상을 시 위에서 행위할 뿐이다. 하나, 여기서 시라고 하는 것은 문자의 시만이 아니라 사실의 시 −보다도 시의 사실을 의미한 것이다. 생명의 본질을 말한 것이다. 그러고 보면 현실에서 나올 시 곧 현재할 시는 반드시 자연과의 종합성을 깨친 것이라야 할 것이다. 나는 사람이면서 자연의 한 성분인 것−말하자면 나라는 개체가 모든 개체들과 관계있는 전부로도 된 것이라야 할 것이다.

거기서 진실한 개성의 의식이 나며 철저한 민중의 의식이 날 것이다. 따라서 생명의 진면이 날 것이다. 그리하여 찰나에도 침체가 없이 유전하여 가는 자연의 변화를 인식한데서 얻은 영원한 현실감을 갖게 될 것이다. 그 때 그 시인의 행위야말로 경박

---

61) 규칙이나 규범 따위에 구애받지 아니하고 제멋대로임.

한 관념적 유희가 아니라 진중한 생활적 표현일 것이다. 어떠한 생활인지 그 생활에 대한 검찰도 없이 부질없게 그 생활을 아름답게 한다고 자신도 살지 못한 타협적 생활로 그 주위에까지 염색을 하려 하면서 그리도 못하고 다만 그 주위로 하여금 막연한 속에서 상양만 하게 하는 그 시인보다는 너 나 할 것 없이 다 가진 생활에서 각기 품고 있는 새 생명을 찾아 할 그 시인이 얼마나 미덥고 얼마나 더 힘다울 것이냐.

물론 이런 거장(巨壯)한 의식 그대로 살아갈 시인은 반드시 별다른 천품의 향수자일 것이다. 혜민(慧敏)한[62] 감성과 비약하는 생명으로 용왕(勇往)하는 실행자일 것이다. 과연 우리 시대에 와 우리 주위에는 이런 시인 한 사람을 요구 않을 수 없는 기운이 이미 오고 말았다. 하나 우리는 현재에 없는 사람을 기대만 하고 있을 수는 없다. 아무리 둔감인 성질로도 성근(誠勤)된[63] 시험이며 세련을 받을 수는 없지

---

62) (기)혜민하다. 슬기롭고 민첩하다.
63) (기)성근하다. 성실하고 부지런하다.

않을 것이다. 아무랬든 우리의 생명이 생활의 속에서 발현될 것은 사실일 것이다. 그러면 나갈 길은 오직 생활의 속에 있을 뿐이다. 현실의 둥성이 뼈를 밟고 나가는 데 있을 뿐이다. 그러나 시인의 결국할 일은 생활에게 시라는 것을 던져주는 그것이 아니라 생활에게서 우리의 시를 찾아서 생산을 시키려는 것이다. 다시 말하면 생활을 시화(詩化)시키려는 태도를 갖지 말고 시를 생활화하려는 행위를 하여야 한다는 것이다.

－취운정(翠雲亭)에서

# 방백(傍白)[64]

　진실한 융화는 개성을 소멸까지 시키는 그 희생에서만 획득을 할 수 있다. 진실한 미묘는 혼합과 이존(離存)이 되어야만 비로소 그 약동을 볼 수 있다.

　이것을 항상 모순으로만 여기는 사람은 외형을 보는 정신 통찰자가 아니다. 왜 그러냐 하면 한 송이 꽃을 험상스런 돌비알[65]에서 보기와 여러 송이 꽃을 혼색무(混色霧)처럼 된 온실에서 보기와 같은 이유이기 때문이다.

　그러므로 융화나 미묘가 그 경이적 가치에선 절대

---

64) 연극에서, 등장인물이 말을 하지만 무대 위의 다른 인물에게는 들리지 않고 관객만 들을 수 있는 것으로 약속되어 있는 대사. 여기서는 수필의 뜻.
65) 깎아 세운 듯한 돌의 언덕.

적 차위(差違)가 없을 것이다. 하나 한 송이 꽃이나 여러 송이 꽃이 서로 융화와 미묘로 될 만한 그 의욕을 결제(缺除)한 꽃이라면 그것은 꽃으로는 보지 못할 한갓 괴물에 넘지 않는다.

대개 개성을 소멸시킨단 말은 소아(小我)에서 대아(大我)로 옮김을 의미한 것이고 혼합에서 이존을 한단 말은 대아에서 소아로 옮김을 의미함이다. 결코 다 자아의식이란 것을 몰각한 뒤의 행위 같은 것은 아니다.

그런데 사람이 생명의식을 가장 정성되게 간절하게 추색(追索)하는 동안은 그 효과가 아직은 자신에만 있으므로 소아라고 할 수 있다. 그러나 추색에서 얻은 그 〈힘〉이 참지 못할 충동으로 될 동안은 생명의 의식이 남에게 미치기까지 실현이 되므로 대아라고 할 수 있다.

이것을 가장 민첩하고 순진하게 전환시키는 사람이 참으로 생명의 예술가이다. 꿀물 같은 미묘와 간장 같은 융화로 생명을 요리하는 사람이다. 실현하리만큼 통찰을 하고 통찰한 것만큼 실현을 할 시적 생명을 가진 사람이다.

인생은 완성물인 불완성품이다.
동물안(動物眼)과 진화론으로 보면 완성된 것이다. 인류심(人類心)과 생명학으로 보면 불완성된 것이다.

그러나 인생이란 것이 불완성이란 범주 안에 숙명적으로 존재된 것이 아니라 완성으로 향행(向行)하는 도정 위에 가능적으로 추근(追近)하게 된 것이다.

우리의 지력이 미쳐 가는 대로 적어 둔 인류사를 보아라—그것은 오늘까지 불완성에서 완성으로의 노력한 보고서가 아니냐? 다시 말하면 보다 완성 대 불완성의 투쟁기록이 아니냐?
이러므로 그날의 생활에 주저를 하고 게을리한 이는 현상유지자나 현상 자족자와 다름이 없는 우악

(愚惡)한 이며 곧 동물 분류학에서만 사람이다. 투쟁은 필연의 과정이므로 말이다.

세계는 인생이 있어야 존립이 되는 것이다.
영원은 순간이 있고야 구성이 되는 것이다.
그러므로 나는 믿는다.
영원한 세계는 순간마다를 사람답게 사는 때와 사람답게 사는 데서 소산이 되는 것이라고……. 

세계를 너무 광대시(廣大視)해서 인생을 모욕하지 말아라.
영원을 너무 신성화해서 순간을 모독하지 말아라.
직실(直實)치 않은 인생이 모였어도 세계란 의의가 자랑이 되느냐.
공허 뿐만인 순간이 쌓였어도 영원의 가치를 지절되겠느냐.

생활은 존중하다. 사상은 존중하다.
흔히 우리가 하는 말이다. 그러나 이 말이 생활이

란 것이 존재로만 있지 않고 사상이란 것이 언어에만 머물지 않을 그 의식의 충동에서 발원한 행의(行儀)의 공음(跫音)66)이 아니면 차라리 아니, 반드시 입을 다물 만한 굳센 마음을 가져야 할 것이다. 언어도 생명이 되므로 말이다.

생활이 존중한 까닭은 생활 그것의 배경인 사상이 있기 때문이고 사상이 존중하온 까닭은 사상 그것의 무대인 생활이 있기 때문이다. 그러므로 사상이 없는 생활은 생물의 기생에 지나지 않고 생활 없는 사상은 간질의 발작에 다를 것이 없을 것이다. 본능이 그리 시키는 것이다.

일찍 우리에게 그만큼 깨친 자아의 의식이 있다면 그 깨친 〈힘〉이 그렇게 말로 나오기 전에 아마도 그만한 물적 표현을 우리에게 먼저 가지도록 되었어야만 할 것 같다. 이것은 사람의 의식이 충동 그

---

66) 사람의 발자국 소리.

대로 살아갈 때의 필연적 태도인 까닭이다. 진리는 거기서 비로소 나온다.


　생명이 존중하다. 실현이 존중하다.

　이즈음 우리가 느낀 말이다. 그러나 이 말이 생명의 가려운 자리를 긁기만 하고 실현의 선잠 깬 소리를 거듭만 한다면 그 의식의 충동은 남부끄러울 만큼 미약한 것이다. 그 행의(行儀)의 공음(跫音)은 한군데서 발버둥질하는 허향(虛響)일 뿐이다. 실현은 침묵에서 오므로 말이다. 하나 사악도 이런 형식을 가지는 것은 우리가 미리 알아 두어야 한다.


　이 세계 가운데 이성적 종족으로 특별히 현저하기는 튜우튼 인종ㅡ곧 독일, 네덜란드, 스웨덴, 노르웨이, 영국 및 중화 민족이다. 이와 반대로 감정적 종족으로 특별히 현저하기는 라틴 인종ㅡ곧 프랑스, 벨기에, 이탈리아와 일본 민족이다.


　말하자면 유럽에서는 튜우튼 족과 라틴 족이 서로

대항을 하고 동양에서는 일본인과 중화인이 서로 대항하여 반대의 국민성을 가지게 되었으므로 이 두 종족은 과거, 현재, 미래를 통하여 영원히 투쟁할 운명을 품부(稟負)하고[67] 있다. 물론 싸움뿐일 투쟁을 의미함이 아니다.

그러므로 조선이란 나라는 이 사이에 끼어서 확연한 성격을 못 가진 데서의 비애와 붕새(崩塞)된 생활을 돌리기 어려운 데서의 고뇌와 싸우지 아니치 못할 진정(瑾程)의 가짐을 생각할 때에 조선이란 민족도 일종의 반항적 숙명을 전적으로 투쟁을 치름에서 해탈을 구하여야 할 것으로 보인다.

거기서 완전한 국민성과 완전한 생명력이 파악될 것이며 실현이 될 것이다. 또 오늘 조선이란 의식이 세계의 의식에 한몫 끼일 거료(擧料)로 되려면 이 환경의 성각(省覺)을 각근히[68] 가질 때에서만 비로

---

67) 선천적으로 타고남.
68) 부지런히 힘쓰고 정성을 다하여.

소 그것이 분원(噴源)으로 될 것이다.

박두(迫頭)된 새 문학은 아무에게든지 기대와 화락(和樂)을 주려고 생각지 않는다. 그것은 생명의 의식이 충동으로 변함에서 사무쳐 나오는 절호 그것이기 때문이다. 이제와서는 실현 전의 소리가 아니라 실현 후의 소리로 되었다. 아직은 실현이란 그것이 전부를 덮었지마는.

그러기에 억압이 되었던 다수에게는 희망과 활력의 부조가 될 터이나 특권을 가졌던 소수에게는 전율과 낙담의 공후(恐喉)가 될 것이다. 왜 그러냐 하면 새 문학이 그들의 반성조차 없던 사악의 모임인 특권의 존재에 대한 항의를 말하므로 말이다. 이 항의의 잠재의식─곧 신건설을 다수 민중은 반기므로 말이다. 그때는 태양도 비로소 참웃음을 웃기에 말이다.

〈과거의 민중은 nothing이었다. 현재의 민중은 something

179

뿐이다. 미래의 민중은 everything이리라〉

19세기 초에 어떤 프랑스 시인이 말한 것이다. 천체의 운행이 느렸던지 우주의 변화가 쉬었던지 오래 전 그때의 〈미래〉가 이즘에야 발자국이 크게 들린다. 새 문학 속에서 똑똑히 들린다.

항상 비통한 열정으로 인생을 추급(追及)하자.
모든 진리의 자체인 그 생활도 거기서 나오며 모든 진리의 화신인 그 지혜도 거기서 나온다. 인생은 자연의 본능이다. 자연의 성근(誠勤)이 인생의 열정이다.

# 잡문 횡행관(橫行觀) 1

금년부터 글 쓰던 이들 가운데서는 이상한 징후가 한 가지 생겼다. 그것은 필자들의 내면으로 보았었든지, 외면 곧 표현상으로 보았었든지 말인데 다른 것이 아니라 잡문의 발흥을 일으킬만한 그 행동을 가리킨 것이다. 이것은 겨운 통중이었다. 초기니 초창 시대니 하는 그 나라에서 이런 별조(別兆)가 보인다는 것은 얼마나 남부끄러운 현상일는지도 모를 일이다. 실상인즉 우리에겐 그런 시간이 없을 것이고 없어 보여야 할 것이다.

온갖 방면의 여러 형식으로 창작만 쓰든지, 또는 남의 작가나 어느 시대의 사상을 본 데서 얻은 지식으로 연구나 소개를 하는 그것이 초기의 필연적 진정(進程)일 것이다. 그것은 되나 안 되나 창작만 써야겠다는 그 말이 아니라 현대와 우리의 사이에서 나는 욕구와 지적을 찾으라는 그 뜻이며, 남의 것이 나 묵은 것에서 본보려는 그 의미로써가 아니라 작가와 시대와의 관련이라는 또는 그 영향이라든지를 비판 관찰함으로써 오늘 우리 출발점의 기준을 가질 수 있으므로 말이다.

우리에게는 글 쓰는 사람이 있고 작품이 몇 개나마 나오니 말이 문단이지 결코 글 쓰는 기관이라든 그 외 다른 정경을 보아서 참으로 너무나 가난한 것은 사실이다. 하나 이런 것을 번연히 알면서 글을 줄곧 쓰는 사람이 있는 바에야 문단의 쭈리를 세우기 위해서라도 일종의 자포적 자조적 부오(浮傲)한 태도로 초기니 초창 시대니 하는 그 말만 말고 그럴수록 이때의 할 일을 살펴보고 마음에 끌리는 대로 근저(根柢)될 만한 일을 해야만 할 것이다.

이런 시기는 열성 있는 노력을 요구하는 철이니 다만 그것만 보여야 할 것이겠고, 되지도 못한 과대망상의 추행이 없을 것은 말할 것도 아니려니와 따라서 순수 진실한 태도만 있어야 할 것이다.

# 잡문 횡행관(橫行觀) 2

그런데 이즘 우리나라의 문단을 보아라. 몇 가지 안 되는 잡지에서 몇 개 안 되는 학예란에서 창작 (시나 소설이나) 몇 편 말고는 연구나 소개나 평론 같은 것은 자취도 없다. 모두 붓장난뿐이다. 그 가운데라도 참다운 감상이나 또는 형식을 벗어난 것만큼 분방한 섬정(閃情)이나 있으면 그는 수긍을 할지 모르나 우습게도 내용이라곤 과기(誇己)이거나 사욕적(邪慾的) 허식이 보이는 그 따위 잡문만이 예사로우니 말이다.

이 달에도 예가 있으니 인상도 아니요, 비평도 아니요, 칭송도 아닌 〈쇄담(瑣談)〉[69]이 그러하고 반평(反評)도 아니요, 공박도 아니요, 별호(別號) 풀이

---

69) 자질구레한 이야기.

인 〈독폐(獨吠)〉가 그러하고 문예지도 아니고 언론지도 아니고 부동조(不同調)로 미화(未化)된 기형지(畸形誌)인 〈가면(假面)〉이 그러하다. 남의 시를 실어주고 싶으면 그 시의 잘된 것만 집어낼 것이고 〈내 본래 슬픔이 많은 사람이라〉는 그 따위 연설은 정행(征行)이 아니며 남의 평을 꾸짖고 싶거든 그 평의 오상(誤賞)된 것을 찍어내어야 할 것이지 〈가로 세운 윷가락을 좌로 우로 보았다는 혐사(嫌詞)를 쓴 끝에 별명 풀이를 첨부한 것은 반평이 못된 잡문의 성질이며 더욱 창간지는 염가인 체면으로도 내용을 고쳐야겠다.

초창 시대도 오히려 오지를 않았던가. 그렇지 않으면 조선의 문단은 언제 나서 벌써 정체까지 되는 셈인가.

물론 이것만이 아니라 잡문이 횡행하려는 이런 현상은 위태롭고도 남부끄러운 일이다. 더욱 그 태도들이 밉다. 비유해 말하면 논바닥에서는 〈피〉가 나려 하고 밭고랑에서는 잡풀이 나려는 것 같다. 뿌리가 박히기 전에 헛일을 말도록 하여야 될 줄 안다.

이런 잡문이야말로 한가(閑暇)를 용비(冗費)하였다는 과장을 말함이니 뒷날 하기로 밀기를 바란다.

# 가엾은 둔각(鈍覺)이여
# 황문(惶文)으로 보아라[70]

## —「황문(荒文)[71]에 대한 잡문」 필자에게

　　세상에 불쌍한 인물이 장님, 벙어리, 귀머거리, 앉은뱅이, 곱사등이, 가지가지로 많을 터이지마는 그보다도 더 불쌍한 인물이 하나 있다면 그것은 생선의 비웃는 눈알 같은 두 눈 뜨고 무엇을 본다면서 실상은 못 보는 게나 마찬가지로 36본생(本生)에 글공부 했다면서도 국한문 섞어 쓴 것을 짐작조차 못한다고 철면(鐵面)을 겹겹이 덮어쓴 듯이 만목소시(萬目所視)에다 도리어 생떼 따던 격으로 짓떠들던 그 둔각의 소지자 〈황문(荒文)에 대한 잡문〉의 필자일 것이다.

---

70) 「잡문횡행관 1·2」의 발표에 따라 김억과의 논쟁을 불러일으켰고, 동아일보 (1025.11.19.)에 게재된 김억의 반박문 「황문(荒文)에 대한 잡문」에 대한 재 반박문.
71) 거칠고 너저분한 글.

왜 그러냐 하면 글을 볼 줄 모른다는 것은 일보를 더 들어간 말이니 그만두고 글을 읽고 나서 그 글을 읽은 이야기를 하면서도－그 글에서 들은 말을 옳다고 말은 하면서도－그 글을 알아볼 수 없다고 하는 그런 착각적 행동을 했으니 말이다. 이것은 확실히 필자의 둔각질(鈍覺質)을 증명할 만한 것이며 따라서 요양을 시켜야 할 것이다. 그 요양법은 오직 필자의 정신을 바로잡아 주는 것이 제 일책이겠으므로 지난 착각적 행동을 지금 가르쳐주는 것이다.

〈잡문 횡행관〉의 필자는 초기에 잡문이 발흥해선 부끄러운 일이라 한 뒤에 창작이나 남의 작가나 어느 시대의 사상을 지식적으로 연구 소개할 것이라는 의미의 말은 나 역시 동감일뿐더러 도시 초재삼기(初再三期)니 할 것 없이 창작 연구 소개를 하지 않아서는 안 될 것이다. 이런 의미에서 그 필자의 잡문이란 것은 〈자포적 자조적 부오(浮傲)한 태도를 가르친 것이 되니 옳은 말이다〉고 하였다.

이렇게도 영리하게 문의(文意)를 짐작이나 한 듯이 태도를 부리다가도 도리어 그 말이 가면에 부딪

치자 그만 망지조소(罔知所措)한 꼴로 황문이니 황설(荒說)이니 했으니 벼룩도 상판이 있거든 이것을 소위 반박이라고 쓴 셈인가. 이 행동이 온전한 정신의 앞뒤를 생각하는 버릇인가?

참으로 받기에도 황송하게 여겨야 할 그 〈황문(惶文)〉을 도리어 모독하려 하였으니 물론 그 짓이야 하늘을 우러러 가래침 뱉는 노릇이겠으나 그래도 필자의 전정을 위한 이 노파심은 부질없이 가엾은 생각을 품게 된다. 그러나 내가 일찍 꾸중을 하려 안 했더면 모르거니와 이미 말을 낸 바에야 꾸중을 타고 안 타고 하는 그 성취성은 생각할 것도 없이 한 번 더 일러만 두는 것이다.

잡지를 한 개 낸다는 것은 여간 어려운 일이 아닐 것도 사실이며 또 여간 반가운 일이 아닐 것도 사실이다. 하나 그 어려운 것과 반가운 것은 다 그 잡지의 내용을 조건으로 하여서 하는 말이다. 더욱 문예를 위하여 낸 것이라면 아무리 빈약하더라도 그 시대 그 민족정신을 가져야 할 것이 마땅한 일이다. 언제든지 그 민족 문예는 그 민족의 내적 생명 집약을 도모하는 것이니 말이다.

한데 〈가면〉에 있던 것은 무엇이었느냐!

모자 타령, 머리 타령, 화장 타령, 안경 타령, 수염 타령, 옷 타령-홍동지 탈춤 추는 그것도 못 된 탈 타령에서 무슨 진실이 뚜덕뚜덕 흐르고 예술가의 양심이 가게의 개업 광고를 예사 작품 삼아 내놓은 모양이니 이것이 과기(誇己)와 사욕적 허식이 아니고 무엇이며 이 따위 글들로 겨우 한 두어 개 창작 [詩]만 끼워 두었음이 그 잡지의 문예성을 띠지도 못한 내장(內腸)과 동시에 불문조(不聞調)로 미화된 기형지(畸形誌)인 추면(醜面)을 자파(自破)하지 않았느냐. 그리고 다만 그런 글로, 자랑거리 못 되는 글로 문예지라고 고창(高唱) 절규를 하니 이만큼 필자의 문예관이 자포적 자오적 부오(浮傲)한 태도임을 사실이 증명을 하고 말지 않았느냐. 이런 짓을 몰랐어도 둔각이 아니겠느냐. 예증을 더 들 것이나 그 중에 가장 〈방소첨태공(放笑瞻太空)〉할 것만 취하여 보였고 나머지는 〈모진 자 곁에 있다 벼락 맞는다〉는 이런 미안을 끼칠까 해서 그만둔다.

나의 문예관은 이따위 소위 문예를 머리부터 발까지 부정한 제 오랜 줄만 기억해 두고 나의 잡문관은 〈방백(傍白)〉만큼이나 형식을 벗어난 것만치 분방한 사상과 섬정(閃情)을 가질 그 때에 알려고 하여라. 왜 그러나 하면 〈방백〉이란 말조차 모르는 머리에 사상이나 감정이 이입될 수 없으니 말이다. 방백이라고 흰 백(白)자가 달렸으니 그런 문자로 오직 아는 독목(獨目)이란 것을 행여나 이게 아닌가 하고 비겨 본 셈인가. 이미 백자(白字) 모음을 해보려면 과백(科白),[72] 취백(就白),[73] 이태백(李太白)은 왜 쓰지 않았는가. 공연한 추상적 화재(禍才)로 나부끼지 말고 구체적 양지(良知)를 닦기로도 가엾은 착각적 행동을 말아야 비로소 진실을 짐작할 평인(平人)이 될 것이다.

　　이렇게도 필자의 두뇌가 아직 본인 이하에 있고 보니 소위 싸케스틱한다고 한 그 싸케즘은 도리어 싸키[捲尾猿]의 작반(作伴)[74]이 되었을 뿐이고 소위

---

72) 탈춤이나 연극에서, 배우의 움직임과 대사를 통틀어 이르는 말.
73) 취복백. '아뢰옵건대'로 순화.

조크란 것도 현대에 맞지 않는 조밀러(케케묵은 우스개)를 시절도 모르고 지저귀는 소리가 되었으며 〈황문(惶文)〉을 〈황문(荒文)〉으로 아는 필자의 진실된 태도는 양과 같은 독자들의 마음을 불순하게 더럽힐 염려가 있다. 그러기에 나는 이런 것을 언제 어디까지든지 그대로 방관만 하고 있을 수 없게 여기는 사람이 되어서라도 상대가 되어 줄 터인즉 둔각의 눈에서도 회전(悔悛)[75]의 피눈물이 나게끔 설왕설래가 되도록 바란다.

11월 19일

---

74) 동행자나 동무로 삼음.
75) 행실이나 태도의 잘못을 뉘우치고 마음을 바르게 고쳐먹음. 개전(改悛).

# 문예의 시대적 변위(變位)와
# 작가의 의식적 태도론 - 개고(槪考)

### 1.

　어제까지의 문예란 것은 취미이었으며 향락이었다. 취미와 취미를 따르다가 취미의 골격을 잃어버린 취미였으며 향락의 향락을 쫓아가다가 향락의 형체만 더위잡은 향락이었다. 둘이 다 - 생활의 내면을 통찰하지 못한 데서 보던 〈태평〉이란 그것을 - 그림자의 그림자 같은 - 외적 현상을 헛짐작하게 된 그 착오에다 까닭을 둔 때문이었다.

　어느 시기에나 어떤 방토(邦土)76)에나 모든 것이 모조리 〈태평〉하였으며 따라서 모조리 행복된 일이

---

76) 국토.

있어 본 것도 아니거든 하물며 전대의 남의 문예를 그대로 이른바, 지식 계급(비록 그 정도대로라도)이 다만 전수 탐닉만 했었음이랴.

이것이 어제까지의 취미와 향락의 옆길로 들어간 남부끄러운 출발점이었다. 사람답지 못한 자멸 지대에 첫 자국을 들여놓은 것이었다. 이리하여 남의 생명의 시대적 변위는 생각지 못하고 오직 남의 생명의 공간적 존재만이 본보게 되려 하였다.

## 2.

남의 전대(前代) 문예에는 참으로 아름다운 인간의 생활을 대지에서 찾으려고 부르짖은 작가가 물론 소수일지언정 있었던 것이 사실이 아니냐. 그러나 그때에도 외면의 태평을 겨우 억제만 해 가던 그 인습 생활에서는 인생의 사명으로 알던 그 순진한 절규도 오직 공상의 한마디 잠꼬대였으며 다만 예술의 한 가지 갈래였을 뿐이었다. 얼마나 애달픈 일이랴.

이 같은 공상과 이 같은 예술이 곧 그 취미와 그 향락이 어찌 한마디 잠꼬대와 한 가지 갈래로만 평가가 되고 말 것이었을까. 그 예술의 힘, 미더운 기백과 그 공상의 보배로운 정신이 무슨 기교, 어떤 형식이니 하는 그 따위 분류에만 입적이 되고 말 것이었을까. 어제까지의 문예가 이 생각을 거쳐서 나온 것이냐. 처음 뜬 눈이 남의 존재만 본 것이었느냐.


## 3.


사실은 그 시대와 그 사회에 언제든지 아무 생각이 없이 존재된 대로 기생만 하며 기생된 대로 난숙(爛熟)만 해지는 그 문화는 그 시대가 다른 시대로 바뀌려 하고 그 생활이 다른 생활로 고치려 할 때에 반드시 동요가 생기며 충돌이 나나니 이것은 다 오려는 정명적(定命的) 회복과 오려는 필연적 창조를 말하는 현상이다.

그리하여 존재된 향락에서만 찾던 그 향락은 이런 기생에 난숙, 난숙에서 퇴당(頹唐)[77]이라는 도정을 밟다가 그 생활의 시대적 변혁으로 말미암아 그 취미를 포용할 수 없으며 그 향락을 호흡할 수 없을 뿐 아니라, 드디어 죄악시하게 되고 마지막 무용화되고 마는 것이다. 이것은 오로지 그 생명의 시대적 변위를 사색하지 못한 창조력의 결제(缺除)된 것이 취미와 향락으로 문예를 만든 까닭이었다. 살려는 그 의미가 없던 까닭이었다.

4.

그런데 오늘 조선은 어떠한 시대에 있는가. 어떤 문화를 낳을 선조(先兆)로 문예가 나왔는가. 그리고 우리 민중은 외적으로 드러난 이 〈태평〉이 내적 현상을 말한다고 할 수 있을까. 우리 생활에는 억제해가는 가태(假態)가 있지 않을까. 보다 완성된 그 세계에 믿음을 가졌으리 만큼 생활에 대한 의욕과 감정이 꼭 대기로 치밀었는가. 이것을 민중은 짐작을

---

77) 1. 퇴폐. 2. 퇴락.

하는가. 이것을 제가끔 깨쳐야 할 것이 아닌가.

요즘 사상 상으로 계급에 대한 문견(聞見)이 떠들어지고 있으나 깊이 전적 충동을 일으키려는 그 초조가 없이 발정(發程) 전의 각침기(覺寢期)로 생각될 뿐이며 더욱이 보다 완성의 추구에 마음을 가진 취미이겠고 그 생활의 실현에 생명을 기르는 향락이 너무나 적으므로 서로 기대를 못 가지게 되어 드디어 분열이 되고 마는 것이 아닌가. 어제까지의 문예가 이러한 생각이 없이 남의 존재에 대한 가엾은 그 모방인 것은 여기서 증좌(證左)[78]가 되지 않는가.


5.


이러므로 조선의 작가는 민중의 성격이 되다시피 된 이 인습을 벗어난 그 본능(심적·물적)을 기점으로 하여 거기서 비로소 생명을 찾을 그 취미와 생활을 누릴 향락이 오게 해야만 참 완성추구의 의의와

---

78) 참고가 될 만한 증거(證據)·증참(證參).

자연히 부합될 만한 문예를 낳게 될 것이다. 그러기에 이런 취미와 향락을 가지려 할수록 생명은 사라지고 형체만 남은 그 인습의 해독이 우리 전적 생활을 얼마나 붕새(崩塞)시키는가 하는 비판적 사색에 게으르지 않아야 할 것이다. 외면으로 드러난 그 〈태평〉의 속까지 투시를 하여야 할 것이다.

이것이 오는 시대와 오는 사회를 볼 수 있게 할 수도 있을 것이고 생명과 이 생활을 구조해 낼 수도 있는 것이다. 여기서 개체와 전부의 이존적(離存的) 통일이 아무 거리낌 없이 짐작도 될 것이다. 이것이 언제든지 작가의 태도로 되어야 작가의 생명을 바로 가진 작가가 될 것이다.

6.

그리고 보면 이때야말로 우리 작가들은 하루 빨리 실현적 관찰로써 창조될 생활의 터전이란 그 시대의 맞이할 차림을 고지하기 위하여 비판적 격양과 해부적 질타 속으로 들어가야 할 것이다. 그 격양으로는 시대 문화를 지배하려는 식군(識群)이 전향(轉向) 질주케 할 수 있으며, 그 질타로는 사회생활을 계승하려는 청년의 분심(奮心) 궐기케도 할 수 있을 것이다.

거기서 어제까지의 문예는 본질 생명의 극소 부분의 부작용인 모방의 취미와 유령 생활의 몰아 맹종의 착각태(錯覺態)인 인습의 향락이 없어지고 자아 의식을 가진 생명 원체가 나올 것이며 창조의 생활이 비롯할 것이다.

이만큼 작가의 직책이 중대할수록 작가는 본능 생활 의무 순화에 대한 제작을 자신의 할 일로 아는 그런 반성과 촉망을 일종의 새 윤리관으로 각지(覺持)하여야 한다. 그리하여 인습으로 〈태평〉을 억제해 가는 그 생활과 그 생활을 인생의 본능으로 보는 그 취미와 향락의 생명 모독성을 부숴 버림에서 예술의 없지 못할 그 이유를 세워야 한다. 거기서 새로운 미를 가져야 한다.

이것이 사람으로서의 생활을 추구적으로 순정적(殉情的)으로 지표하는 아름다운 생명의 파지자(把

持者)-의식 있는 그 작가의 반드시 가지게 되는 태
도일 것이다.

# 신년을 조상(弔喪)한다

　세초(歲初)부터 궂은 소리를 한다는 것은 두말할 것 없이 청승맞은 노릇일 것이다. 일 년 열두 달을 내내 걱정으로만 지낼 요망한 짓일 것이다. 어찌 생각하면 미운 노릇으로도 보일 것이다.

　그러나 삼백 육십 일은 그만두고 삼만 육천 일을 눈물 속에서 헤엄질을 한 대도 하고 싶은 마음이 나는 바에야, 하고 싶은 때인 바에야 이 마음을 막을 수도 어쩔 수도 없는 것이다. 만일에 나무라고 싶은 그 입이 있거든 행인지 불행인지 이 마음을 가지고 나온 우리 인생을 나무라려무나.

　진저리나는 한 해를 죽을 판 살판 겨우 지나서 태산이나 하나 넘어온 듯이 후유 하며 한숨을 길게 쉬고 행여나 올해에는 복치레야 못 할망정 하다못해 작년보다 가벼운 고통이라도 덜어질까 하여 헌옷이

나마 **빨**아서 입고 막걸리라도 한 잔을 마셔야 할 만큼 이런 사람에게도 올해나 반기리 만큼 그렇게도 지난해는 언제든지 사람에게 아기자기한 생각만 남기고 사람의 가슴을 멍들인 채 가고 마는 것이다.

그러나 사람아, 우리가 오늘껏 살아오는 그 동안에 허공에다 선을 그리듯이 시간 위에다 줄을 그려 예까지 일 년, 제까지 일 년이라고 하며 하나씩 하나씩 건너올 때마다―몇 백 년이란 그 가운데 어느 것은 우리의 애끓던 소망을 받지 않은 일 년이라 말할 수 있으랴. 우리의 눈이 무형한 것을 본다면 모든 지난해에서 아직도 마르지 않은 핏물을 볼 곳이고 우리의 귀가 공적(空寂)조차 듣는다면 모든 지난해에서 지금껏 물굽이치는 아우성을 들을 수 있을 것이다.

보아라. 한 번 웃음이라도 더 웃어 보고, 한 방울 눈물이라도 덜 흘려 보려던 대물림하는 사람의 소망은 얼마나 오래도록 불쌍스러운 꿈으로만 굳어진 채로 싸여 왔느냐. 설마 오늘부터나, 설마 올해부터나 걱정이 적어지리라 하는 판에 박아 둔 새해 축복은 몇 만 사람의 입에서 도리어 서로 비꼬아 하는 그 뜻을 가져보이게끔 들려만 왔느냐. 몇 해 동안의 소망을 반분의 반분쯤으로나마 단 하루를 살고 또 염증이 날지라도 지금까지 품고 온 그 소망이니 오늘은 그 소망대로 한번 살아 볼 그 힘이 사람에게는 있는가 없는가. 사람의 소망이란 것은 모두 부질없는 한자리의 꿈으로 되고 마는 것이니 차라리 하루 일찍 어수선한 생각을 흐르는 세월에다 실려나 보내고 돌아갈 그때만 기다리고 앉았을 그 힘이라도 사람에게는 있는가 없는가. 있는 것이 무엇인가.

세상에 나지를 않았다면 모르거니와 이미 살아 보려고 애를 써 보지 않을 수 없고 살아 보지를 않았다면 모르거니와 이미 살아본 바에야 덜 괴로우려는 소망을 갖게 되는 것이 사람의 사는 마음에 마땅히 있어질 것이다. 우리의 소망도 심심풀이로 지껄인다면 모르겠거니와 그렇지 않고 다만 털끝만치라도 덜 괴로우려는 그 마음에서 나온 것이라면 얼마나 애달픈 노릇이냐-한결같은 소망으로 묵은해를 보내고 새해만 맞는 것이 말이다.

우리가 오늘껏 살아온 가운데서 아직도 괴롬이란

것을 맛보지 못하였느냐. 그렇지 않으면 덜 괴로우려는 그 소망이 꿈으로만 갖게 될 것이었느냐. 사는 대로 살다가 죽는 대로 죽는 것이 세상으로 나온 것이었느냐. 그러나 버리려야 버릴 수 없는 소망인 것도 어쩔 수 없는 일이거든 하물며 살아간다는 생명에게 소망이란 것이나마 없으면 고통 가운데의 가장 못 견딜 굴종과 일체의 마지막인 멸망이 북받치듯이 내릴 터이니 누가 감히 소망을 사르고도 단 하루를 살아 있을 수 있다고 말할 것이냐.

이렇게도 사실은 우리가 알거나 모르거나 우리가 손수 몸뚱이로 실증을 거듭하고 있다. 날마다 때마다 흘려버리는 한숨과 날려 보내는 선웃음도 우리의 목숨을 차마 못 버리는 본능의 충동이요, 본능의 충동이 그 찰나에도 나는 소망의 발로가 아니고 무엇일까.

물론이다. 우리의 본능인들 부족한 것이 아니요, 우리의 생명도 불구인 것은 아니다. 오직 회오리바람과 같은 한숨에 몰려온 지 오래고 아우성 같은 선웃음에 끌려만 다녔으므로 우리의 소망이란 것이

맥 풀린 열병 환자들의 잠꼬대 토막같이 저도 남도 알아듣지 못하리만큼 서럽게도 우스꽝스런 짓이 되어 온 것이다.

그러나 우리 신령의 눈썹 사이에 뿌리를 박은 듯이 덮고 있는 검은 구름을 한 겹 두 겹 벗길 것도 우리의 소망을 바로잡는 데 있고 우리 목숨이 이마 위에 골짝마다 사태 진 듯이 패어 있는 깊은 주름을 한 개 두 개 메울 것도 우리의 소망을 고쳐 잡는 데 있을 뿐이다.

시간만 흘겨보고 놓은 세월이 와서 우리의 고통을 가볍게 해 달라는 그런 마음이 꿈꾸는 것은 아직도 소망이 본능에서 나온 것이 아니요, 생명에서 솟아난 그 힘이 아니다. 이따위 것으로야 일 년 열두 달 밥 대신에 눈물을 먹고, 말 대신에 피를 토한대도 아무런 변화를 우리의 생활에 가져오지 못할 것은 지금껏 우리가 진이 나게 겪어 온 바가 아닌가.

사람아, 우리의 힘이란 것을 무엇보다 먼저 알자. 한 해가 가고 한 해가 올 때마다 하염없는 시간의 두려움만 갖게 되어 그것만 잊으려 한 것을 우리는 힘으로 알아 왔다. 물론 두려움이라도 강박한 관념이 아니었고 다만 흐리터분한 인식에 지나지 않는 것이었다. 우리의 힘이란 것은 있는 것이 모두 이뿐일까. 덜 괴로우려는 그 소망대로 더 웃어 보게 될 그 생명은 우리와 아무런 관계도 없는 것인가. 그러한 관계는 우리의 힘을 우리가 알 때에 비로소 나오는 것일까. 그러면 올해 안에는 우리의 본능이 그만한 힘을 갖고 나오겠는가.

만일에 그렇지 못하면 해가 바뀐다는 우스꽝스러운 때는 두고 하늘과 땅이 뒤범벅이 되는 그날이면 새삼스럽게 서러워하느니 기뻐하느니 할 거리가 무엇이며 또 까닭이 무엇이랴. 만일 우리의 소망이 반분의 반분으로나마 단 하루를 살고 다시 염증을 낼지언정 그만한 소망이 없고 그만한 시절이 없는 올해라면 이 신년이란 것도 하루 일찍 가고 말라고 미리 조상이나 해 두고 말 날이다. 축복은 주고받아 무엇 할 것이며, 생명은 있다 없다 할 게 무엇이냐. 우리에게 한숨만은 아직도 다 되지 않고 우리에게 선웃음은 언제나 끝날 것인가.

# 이상화

## (李相和, 1901.05.09~1943.04.25)

호는 무량(無量), 상화(尙火), 상화(想華), 백아(白啞)

경상북도 대구 출생

본관 경주(慶州)

시인, 소설가, 수필가, 독립운동가, 교사, 문학평론가, 번역문학가, 교육자, 아마추어 권투 선수


1901년 경상북도 대구부 서문로 12번지의 양옥집에서 태어났다.

1905년 아버지 이시우(李時雨) 별세하였다.

1914년까지 가정 사숙에서 큰아버지 이일우(李一雨)의 훈도를 받으며 수학하였다.

1915년 경성부의 중앙학교(현 서울 중앙고등학교) 입학.

1917년 대구에서 현진건(玄鎭健) 백기만 이상백(李相佰)과 『거화(炬火)』를 프린트판으로 내면서 시작 활동(詩作活動)을 시작하였다.

1918년 경성중앙학교 3년을 수료하고 강원도 금강산 일대를 방랑하였다.

1919년 3.1만세운동 때 백기만 등 친구들과 함께 대구 학생봉기를 주도했다가, 밀정의 추적으로 주요 인물들이 잡혀가자 경성부로 올라와 박태원의 하숙으로 피신, 한동안 은신하였다.

1919년 12월 충청남도 공주군 출신 서온순(徐溫順)과 결혼하였다.

1921년 현진건의 소개로 박종화(朴鍾和)를 만나 홍사용(洪思容), 나도향(羅稻香), 박영희(朴英熙) 등과 함께 『백조(白潮)』 동인이 되어 본격적인 문단 활동을 시작하였다.

1922년 파리 유학을 목적으로 일본 동경의 아테네프랑세에서 2년 동안 프랑스어와 프랑스 문학을 공부하다가 동경대지진을 겪고 귀국하였다.

1922년 「말세의 희탄(欷嘆)」, 「단조(單調)」 두 편의 시를 『백조』 창간호에 발표하면서 등단했으며, 이후 「가을의 풍경」 등을 『백조』에 발표하였다.

1923년 「이중(二重)의 사망」, 「나의 침실로」를 『백조』에 발표하였다.

1925년 「몽환병(夢幻病)」(개벽), 「비음(緋音)」(개벽), 「이별(離別)을 하느니」(조선문단) 등 낭만적 도주의 상징이자 죽음의 다른 표현인 침실이 등장하는 작품을 발표하였으며, 경향파적 양상을 다룬 작품으로 「가상」, 「구루마꾼」, 「엿장사」, 「거러지」 등을 『개벽』에 발표하였다.

1925년 치열한 반골기질의 표현된 작품으로 「조소(嘲笑)」(개벽), 「선구자(先驅者)의 노래」(개벽)를 발표하였다.

1925년 김기진(金基鎭) 등과 파스큘라(Paskyula)라는 문학연구단체 조직에 가담하였다.

1925년 8월 조선프롤레타리아예술동맹의 창립회원으로 참여하였다.

1926년 사회참여적 색조를 띤 원숙미 넘친 「빼앗긴 들에도 봄은 오는가」(개벽)를 발표하였다. 이 「빼앗긴 들에도 봄은 오는가」는 『개벽』지가 폐간되는 계기가 된 작품이다.

1926년 사회참여적 색조를 띤 치열한 반골기질의 표현된 작품으로 「통곡(慟哭)」(개벽), 「도-쿄에서」(문예운동), 「파-란비」(신여성), 「조선병(朝鮮病)」(개벽), 「비 갠 아침」(개벽)을 발표하였다.

1927년 의열단원 이종암(李鍾巖)사건에 연루되어 대구경찰서에 수감되었다가 풀려났다.

1928년 사회참여적 색조를 띤 작품으로 「저므는 놀안에서」(조선문예)가 발표되었다.

1933년 교남학교(지금의 대륜고등학교) 교사로 근무했다. 담당 과목은 조선어와 영어, 작문이었다. 이듬해 교남학교 교사직을 사직했다.

1934년 조선일보사 경상북도총국을 경영하였으나 이재와 상술에 눈이 어두워서 결국 1년 만에 실패하고 다시 교남학교의 영어, 작문담당 교사로 복직하였다.

1935년 이상화의 후기 작품 경향인 철저한 회의와 좌절의 경향의 대표적 작품으로 「역천(逆天)」(시원, 1935)을 발표하였다.

1937년 3월 장군인 형 이상정(李相定)을 만나러 만경(滿京)에 3개월 동안 갔다 와서 일본관헌에게 구금되었다가 특별한 혐의점이 없어 11월 말경 가석방되었다.

1937년 대구로 내려와 교남학교에 조선어, 영어, 작문담당 교사로 복직하여 교가를 작사했다.

1938년 아마추어 권투 선수로서 교남학교 권투부를 창설, 지도하였다.

1940년 대구부 계산 2동에 집을 마련하였다.

1940년 교남학교 교사직을 그만두고 독서와 연구에 몰두하여 「춘향전」을 영역하고, 「국문학사」, 「불란서시정석」 등을 시도하였으나 완성을 보지 못하였다.

1941년 이상화의 후기 작품 경향인 철저한 회의와 좌절의 경향의 대표적 작품으로 「서러운 해조」(문장)가 발표하였다.

1943년 4월 25일 대구 자택에서 위암, 폐결핵, 장결핵의 합병증으로 사망하였다.

1946년 김소운(金素雲)의 발의로 대한민국 최초의 시비를 대구 달성 공원에 세웠다.

**생전에 출간된 시집은 없으며, 사후 1951년 백기만이 청구출판사에서 펴낸 『상화와 고월』에 시 16편이 실렸고, 이기철 편 『이상화 전집』(문장사, 1982)과 김학동 편 『이상화 전집』(새문사, 1987), 대구문인협회 편 『이상화 전집』(그루, 1998) 등 세 권의 전집에 유작이 모두 실렸다. 대표적인 작품들은 「빼앗긴 들에도 봄은 오는가」, 「나의 침실로」이다.

**오랜 친구인 소설가 현진건도 같은 날 경성부에서 폐결핵과 장결핵의 합병증으로 사망하였다. 같은 해 태어나서 같은 날 사망하게 된 것은 우연이었을까?

## **이상화 시인의 평가

조연현: 일제에 대한 일종의 저항의식의 발로로 볼 수 있으나, 이상화

의 중요한 특성으로 격렬한 미적 욕구와 그 강렬한 낭만적 의욕을 지적하여 그의 문단 초기 활동인 『백조』 동인 활동, 즉 낭만주의적 경향에 주목했다.

김현: 1920년대 한국시의 두 가지 과제를 식민지 현실 직시와 새로운 시 형식의 모색이라고 분석하면서, 이를 나름대로 해결하려고 노력한 시인으로 김소원, 한용운, 이상화 세 사람을 꼽았다. 그러면서 이상화의 현실 인식이 식민지 현실은 한국 궁핍화에 지나지 않는다는 것을 직시하는 면에서 투철하며, 그 현실 인식이 현실 밖이라면 어디든 괜찮다는 극단적인 탈출 욕구를 낳는다면서 이상화의 시를 식민지 초기의 낭만주의적 성격의 한 상징으로 보았다.

감태준: 이상화의 카프활동을 주목하여 「빼앗긴 들에도 봄은 오는가」, 「조서」, 「선구자의 노래」에서 볼 수 있듯이 이상화가 낭만주의적 태도를 버리고 현실에 대한 불신을 적극적 저항 내지 수용으로 변모시켰다고 보았다.

이명재: 이상화 시의 형성과 전개 과정을 1920년대 초엽의 감상적인 퇴폐성의 낭만주의 시, 중후엽의 항일 시, 1930년대 이후의 민족적 비애를 담은 우국 시의 삼단계로 나누고, 이상화의 문학사적 위상을 항일 민족문학의 구현자로 자리매김했다.

조병춘: 이상화 시의 세 단계를 감상적 낭만주의 시, 저항적 민족주의

시, 민족적 비애와 국토예찬의 시로 나눴으며, 특히 1940년대 문인들이 친일문학을 일삼았음에도 불구하고 굴하지 않은 그의 민족정기와 문학정신을 높이 평가하였다.

**「나의 침실로」 작품해설

『백조』 창간호에 발표된 시. 「비음」의 시편 중 가장 중요할 뿐만 아니라, 「빼앗긴 들에도 봄은 오는가」와 함께 대표작으로 꼽힌다. 오지 않는 애인 '마돈나'를 혼자서 기다리는 군소의 상징(象徵)들을 통해서 애인을 염원하는 시로, 신비감과 관능적인 표현으로 되어 있다. 기법상 미숙한 점이 없지도 않으나 이 시인의 작열하는 열도와 생명의 분수를 직감케 하는 것으로 극히 시상이 풍부하고 미묘한 뉘앙스를 풍기고 있다.

이 시에 나오는 '침실'은 "뉘우침과 두려움의 외나무다리 건너 있는" 열락(悅樂)의 장소이며 부활의 동굴이기도 하다. 마돈나·아씨·마리아는 동일인으로 마돈나는 아씨의 미화이면서도 추상화되어 사변(思辯)의 대상이다. 그리고 "수밀도의 네 가슴", "몸만 오느라", "네손이 내목을 안어라", "마음과 몸이 타려는도다", "사람이 안고 뒹구는"과 같은 관능적 표현은 그의 뜨거운 정열과 신비감, 그리고 환상적 요소와 조화되어 그 음률(音律)을 형성하고 있다. 이 시의 애욕(愛慾), 즉 관능의 진실한 모습, 애욕의 의미부여(정신화)에 상화의 성격, 내면적 정열, 철학적 명상, 그의 호흡·체취(體臭)까지 대표하는 작품이다.

## **「빼앗긴 들에도 봄은 오는가」 작품해설

1926년 『개벽』 6월호에 발표된 시. 그의 후기 사상을 대표하는 작품으로 「둔찬의 선물」의 시편들이 갖는 저항의식과 함께 국토예찬(國土禮讚), 즉 자연에 대한 애정이 서정적 정조로 형성화되어 있다. 자조적(自嘲的)이고 회의적이며 영탄적 허점이 없는 것은 아니다. 그 시대 이 민족의 비애를 나타낸 작품으로 저항의식의 응결된 투명성(透明性)보다는 비탄과 허무, 저항과 애탄이 깔려 있다. 비록 나라는 빼앗겨 얼어붙어 있을망정, 봄이 되면 민족혼이 담긴 국토, 즉 조국의 대자연은 우리를 일깨워준다는 것이다. 국토는 일시적으로 빼앗겼다고 할지라도 우리에게 민족혼을 불러일으킬 봄은 빼앗길 수 없는 몸부림, 피압박 민족의 비애와 일제에 대한 강력한 저항의식을 주조로 하고 있다.

나라를 잃어버린 망국한(亡國恨)과 저항의식을 주축으로 하여 식민지치하의 가난하고 굶주림 속에서 살아가는 농촌 아낙네들이 흘리는 뜨거운 눈물과 소박한 감정에서 우러나오는 말없는 반항

의식을 나타내는가 하면, 동족애와 식민지적 비애를 극복하고 일어서는 저항의식을 나타내 주고 있다. 그리고 이 시는 초기 시에서 볼 수 있는 난삽한 한자어를 피하여 순한글로 썼을 뿐만 아니라, 각련(各聯)의 2~3행을 순차로 길게 한 특색이 있다. 이것은 어디까지나 작가의 의도적인 시어구사(詩語驅使)이며 행배열(行排列)로 그 가락이 힘차고 거센 격정을 느끼게 하고 자연에 대한 애정이 서정을 통해서 그 정조(情調)를 이루고 있다.

## **「역천(逆天)」 작품해설

1935년 『시원(詩苑)』 4월호에 발표된, 가을을 소재로 한 시. 나라는 빼앗겨 헐벗고 굶주린 민족이라 하더라도 가을은 모든 고통을 잠시나마 잊고 수확(收穫)의 풍성함을 누릴 수 있다. 이 시에 나타난 「밤」은 그의 초기 시에서 볼 수 있는 병적이고 관능적인 밤이 아니다. "열푸른 유리로 천정을" 한 청명한 서정의 '밤'이다. 그러나 상화가 이러한 아름다운 정감만을 갖고 살기에는 "어울려 한 뭉텅이가 못 되어지는" 그런 아픔, 즉 민족적 비애가 더욱 절실해진다. 그리하여 그는 '하늘'과 '인간'이 서로 배반하는 슬픔, 아니 그의 역정(逆情)을 시화한 것이다.

**큰글한국문학선집: 이상화 시선집**

# 빼앗긴 들에도 봄은 오는가

© 글로벌콘텐츠, 2015

**1판 1쇄 인쇄**_2015년 09월 30일
**1판 1쇄 발행**_2015년 10월 10일

**지은이**_이상화
**엮은이**_글로벌콘텐츠 편집부
**펴낸이**_홍정표

**펴낸곳**_글로벌콘텐츠
　　　등　록_제25100-2008-24호

**공급처**_(주)글로벌콘텐츠출판그룹
　　　기획·마케팅_노경민　　편집_김현열 송은주　　디자인_김미미　　경영지원_안선영
　　　주소_서울특별시 강동구 천중로 196 정일빌딩 401호
　　　전화_02-488-3280　　팩스_02-488-3281
　　　홈페이지_www.gcbook.co.kr

**값** 17,000원
**ISBN** 979-11-5852-053-3 03810

## 이상화(李相和, 1901~1943)

1915년 경성부의 중앙학교(현 서울 중앙고등학교) 입학하였다.

1918년 경성중앙학교 3년을 수료하고 강원도 금강산 일대를 방랑하였다.

1919년 3.1만세운동 때 백기만 등 친구들과 함께 대구 학생봉기를 주도했다가, 밀정의 추적으로 주요 인물들이 잡혀가자 경성부로 올라와 박태원의 하숙으로 피신, 한동안 은신하였다.

1919년 12월 충청남도 공주군 출신 서온순(徐溫順)과 결혼하였다.

1922년 파리 유학을 목적으로 일본 동경의 아테네프랑세에서 2년 동안 프랑스어와 프랑스 문학을 공부하다가 동경대지진을 겪고 귀국하였다.

1925년 김기진(金基鎭) 등과 파스큘라(Paskyula)라는 문학연구단체 조직에 가담하였다.

1925년 8월 조선프롤레타리아예술동맹의 창립회원으로 참여하였다.

1927년 의열단원 이종암(李鍾巖)사건에 연루되어 대구경찰서에 수감되었다가 풀려났다.

1933년 교남학교(지금의 대륜고등학교) 교사로 근무했다. 담당 과목은 조선어와 영어, 작문이었다. 이듬해 교남학교 교사직을 사직했다.

1934년 조선일보사 경상북도총국을 경영하였으나 이재와 상술에 눈이 어두워서 결국 1년 만에 실패하고 다시 교남학교의 영어, 작문담당 교사로 복직하였다.

1937년 3월 장군인 형 이상정(李相定)을 만나러 만경(滿京)에 3개월 동안 갔다와서 일본관헌에게 구금되었다가 특별한 혐의점이 없어 11월 말경 가석방되었다.

1937년 대구로 내려와 교남학교에 조선어, 영어, 작문담당 교사로 복직하여 교가를 작사했다.

1938년 아마추어 권투 선수로서 교남학교 권투부를 창설, 지도하였다.

1943년 4월 25일 대구 자택에서 위암, 폐결핵, 장결핵의 합병증으로 사망하였다.

ISBN 979-11-5852-053-3

03810

값 17,000원

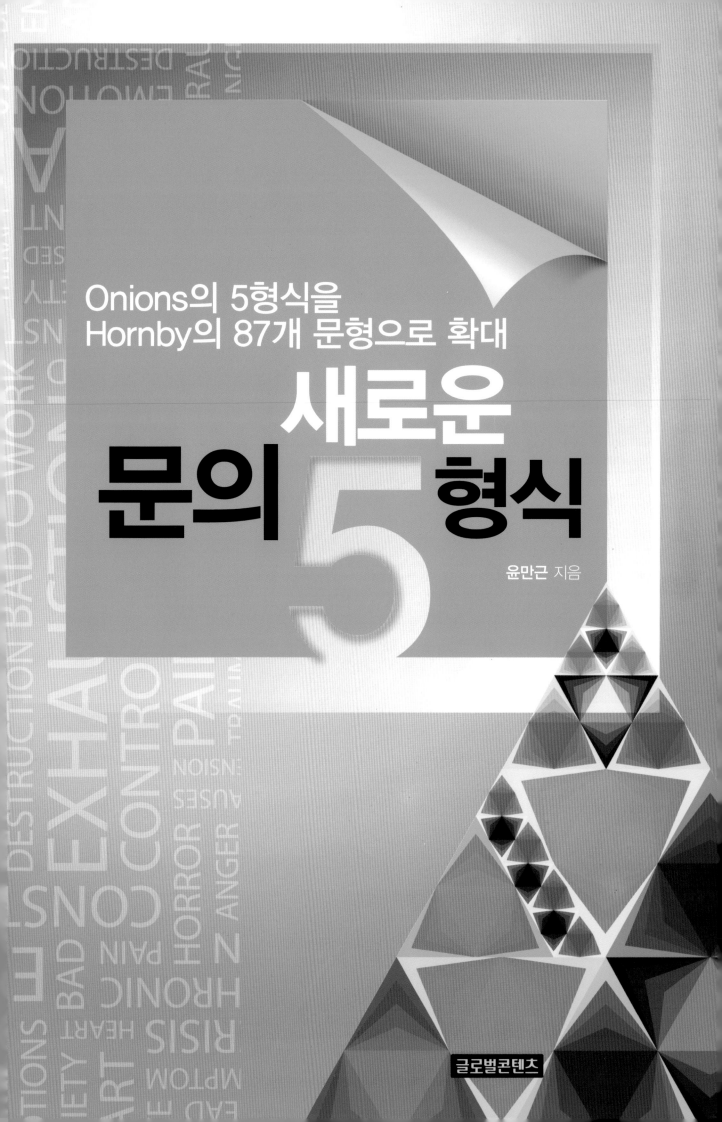